NOCTURNE
TATANTANTANTATAN

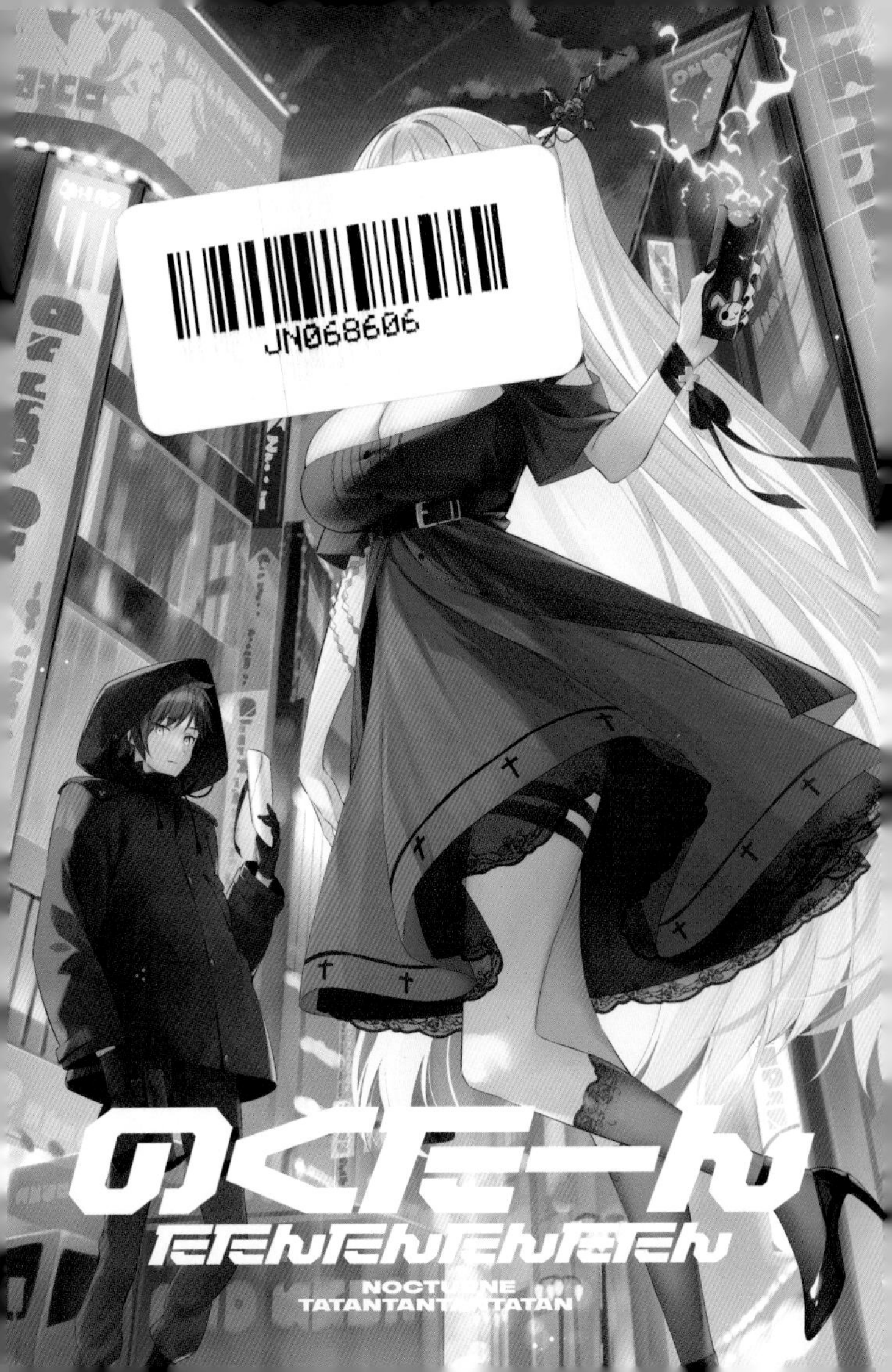

緋野ユズリハ
YUZURIHA HINO
都市伝説『死神』。
殺された父の復讐のために殺し屋になった少年。

「生憎と私は幽霊ではありません。
正真正銘、生きていますよ？」
山田ハナコ
HANAKO YAMADA
ユズリハの殺しのターゲットになった
絶対偽名系少女。

「何ってメイドですよ？　ご注文は私ぃ、
山田でぇ宜しかったでしょうかニャア～？」
ボス
BOSS
ユズリハに裏の仕事を斡旋する。
厳つい見た目ながら
面倒見が良い。

「ひいいいい！
や、やだ、殺さないでえええ」
・・・

CONTENTS

NOCTURNE
TATANTANTANTATAN

のくたーん
たたんたんたんたたん

ムラサキアマリ

MF文庫J

口絵・本文イラスト●おりょう

01 前奏曲～prelude～ 顔の無い死神

都市伝説、それは過去から現在、人から人へと伝わる物語。

西暦２０２５年――。インターネットの普及により爆発的にその数と認知を増やしている都市伝説でありますが、表には表の、裏には裏の都市伝説が存在しました。

例えばそれは、宙を舞う《仙人》に武術を教わったという話。

例えばそれは、歴史に消えた一城流《いちじょう》《忍者》の末裔《まつえい》が復興を目論《もくろ》んでいるという話。

例えばそれは、この国は《亡霊》と呼ばれる裏の管理人に支配されているという話。

例えばそれは、タイムトラベラーの《技術者》が未来の道具を造っているという話。

例えばそれは、夜になると血を吐く《吸血鬼》が現れるという話。

例えばそれは、顔の無い《死神》が悪人の命を刈り取っていくという話。

一聴するとこれらは共通点の無いモノのように思えますが、その実、全ての話が日本の『ナノハ』を発祥・舞台にしているのでした。

高校教師のスミレは、そんな裏・都市伝説を知る一人です。

裏社会を知るということは彼女もまたそこに身を置く者であり、未来ある子どもたちを導く傍《かたわ》ら、違法薬物の売買を三十年に亘《わた》って行う極悪人でありました。

長らく裏社会に生きる彼女からすると、ナノハの裏・都市伝説とは眉唾も眉唾。取引相手の男より『顔の無い《死神》』の話を聞かされた際には嘲笑《ちょうしょう》すらいたしました。

何が死神だくだらない。仮にそんなモノが存在しようと、『優しいお婆《ばあ》ちゃん先生』として警察の眼《め》すら欺く自分を殺せるはずがないのだ……と。

スミレは自分を過信し、そうして退《ひ》き際《ぎわ》を誤ってしまったのです。

「──おはようセンセイ。ひとつ、教えてもらっても良いかな？」

それは四月にしては蒸し暑い、人々が寝静まりし丑三《うしみ》つ時《どき》のことでした。

スミレが寝苦しさから目を覚ますと、寝室には黒い外套《がいとう》に身を包む男が一人。

鼻にかかった特徴的な声はどこか聞き覚えがあった気がしましたが、彼女にはそちらへ気を回す余裕はありません。

なぜなら眼深《まぶか》にかぶったフードに、そこから覗《のぞ》く白く凹凸のない仮面と、見上げる姿は都市伝説の『顔の無い《死神》』のようであり。

スミレは自身へと向けられる銃口に気付いては悲鳴を上げ──即座に口を塞がれます。

「駄目だよセンセ。訊《き》きたいのはソレじゃない」

まるで子供を寝かしつけるかのように、《死神》は穏やかな声で言いました。

「《亡霊》と呼ばれる者について、何か知っていることは？」

――何もありませんでした。

もともとスミレは《死神》を嘲笑していた身です。同じ都市伝説に属する者など、肩書以外は何ひとつとして知るわけがない。故に、答えを聞くため解放された口からは、保身からくる謝罪と涙ながらの命乞いばかりが漏れました。

「いやよ、やめてやめて！　こんなっ……なんで、こんなの嘘《うそ》よ……ああ、許されない！もし殺すならっ……アナタも地獄に落ちるわ！」

けれど《死神》は、情に流されてはくれません。ただ一言「残念だよ」と呟《つぶや》けば、指は無情にも拳銃のトリガーへと掛けられます。

そうしてしばしの沈黙があって。

目を瞑《つぶ》るスミレの耳に、「たんたん、たたん……」と何か小さな音が届きました。

それは銃声だったのか、はたまた第三者の足音だったのか。

ぼうっと薄れゆく意識に事実は分かりませんでしたが、ただ一つ、そんな音が「どこか寂しい音だなぁ」と、スミレは最後に思ったのでした。

02 夜想曲～nocturne～例えばそれは、死神と魔女が出会う話

1

「自殺だってさ」

席を立った瞬間、なんとも物騒な単語が聞こえてきた。

ホームルーム後とはいえ未《いま》だ教室に残る生徒は多く、たとえ声を潜めた内緒話だったとしても気持ちの良い内容ではない。

元アイドルの袋とじ写真集を入手したとかいう話なら喜んで飛び付いたものだが、話題がそれならば速やかに帰宅するとしよう。

「あれ……？　もしもーし、聞いてるー？」

鞄《かばん》よし、財布よし、ケータイよし。

よしよし忘れ物は無いな……っと、いけない。数学のプリントがあったのだった。

あの先生は今のご時世でも平気で生徒を怒鳴りつけるくらい厳しいから、危うく「廊下に立っていろ」なんてことも起こり得た。ふう、危ない危ない。

「緋野くん？　おーい、緋野ユズリハくーん？」

　さて、お昼は何を食べようか。

　いつもは味気ないコンビニパンなどを食しているが、なんと本日は午前授業！

　忙しく歩くサラリーマンを尻目にファストフード？

　それともお昼から優雅にフレンチでも決めてしまおうか？

　いやいやそれとも、それとも、それとも――。


「うおーい、無視すんなあああああーっ！」


「おわっ――!?」

　近くより響く大声に、僕は仰《の》け反《ぞ》りながら驚いた。

　慌てて目線を下げてみると、そこには僕の進行を阻むように立つ女子生徒が一人。

　我らが二年B組の学級委員長・柊《ひいらぎ》トモリが首の後ろで束ねた髪を揺らし、なにやらご立腹の様子でいらっしゃった。

「きゅ、急に大声だしてどったの委員長？　怒った顔も可愛《かわい》いけど、委員長には笑顔が一番似合うと思うよー、僕は」

「えっ……あ、う、うん？　アリガト……って、そうじゃないよぉ！　わたしは緋野《ひの》くんに話し掛けていたんだよ！」

「あ、そうなの？」

やけに鮮明な囁《ささや》き声だと思えば、先ほどの世間話は僕へと振ったものだったのか。

これは失敬。僕が素直に謝罪を口にすれば、

「と、というか、女の子に気軽に可愛《かわい》いとか言ったら駄目なんだからっ……！」

勘違いしちゃったらどうするの、と委員長はゴニョゴニョと口ごもった。

そんな愛らしい反応には思わず加虐心が刺激されたが、委員長は神妙な顔付きでこちらを見上げてコホンと先手を打つように咳《せき》をする。

「というかそんな話はどうでもいいの！　緋野《ひの》くん、わたしの話ちゃんと聞いてた？」

「あー……自殺、だっけ？　んー、最近亡くなった芸能人とかいたかな？」

「ううん、違うよ。これは非公開情報だからあまり大きな声で言えないんだけど――」

委員長は口の前に手を持ってくると、内緒話をするように一層声を潜めた。

「自殺したのはスミレ先生だよ」

「……スミレ先生が？」

スミレ先生といえば、今年で還暦を迎えるお婆《ばあ》ちゃん先生だ。

穏和で面倒見が良いのが評判で、僕たちは去年、担任教師としてお世話になっていたのだけど……。

そのスミレ先生が自殺した、と。

にわかには信じがたい話であったが、柊《ひいらぎ》トモリという少女はイタズラに嘘《うそ》を吹聴《ふいちょう》したりはしない。

なにより事件に関する情報源が彼女であった場合、経験上それはほぼ事実となるのだ。

『わたしのパパ、警察官なんだよね』

それは丁度、一年くらい前のことであったか。

出席番号が連番であるという縁から彼女とは高校入学日から話すようになり、お互いの自己紹介をする中でそう教えてもらったことがある。

委員長のお父さんはいわゆる親バカとでもいうのか。話に聞くかぎり娘の溺愛っぷりが凄《すさ》まじく、仕事で得た機密情報をこうして娘に教えてしまう始末なのだった。

「睡眠薬の瓶と錠剤が転がるなか、苦しんだ様子もなく眠るように亡くなっていて……。だからパパは、たぶん自殺だろうって言ってたよ」

「……たぶん？」

言葉のあやだろうか。

曖昧な表現に引っ掛かりを覚えると、委員長はああそれはね、と続けた。

「スミレ先生には、自殺する動機がないからだよ」

曰《いわ》く——人間関係は良好で金銭面に問題はない。遺書や死を仄《ほの》めかすような日記は発見されず、身体《からだ》や心を病んでいたなんて話もなく、アルコールの類《たぐい》も検出されず……。

まるでその日に死ぬことを決め、実行してしまったような不自然さ、、、があるのだと。

「だから他殺もあり得るって……。まあ、部屋は荒らされていなかったらしいんだけどさ」

なんだか怖いよね、と委員長は話を締めくくるように眼《め》を伏せた。

「そうだね……それは——と？」

昼の教室でするにはやはり気持ちの良い話ではなく、ふと視線を泳がせれば、クラスメイトの数人がこちらに顔を向け気にする素振りを見せていた。

距離的に内容は聞こえていないだろうけど、どうも不穏さを感じ取ったらしい……。

公式に発表される以前に教職員の訃報が広まれば委員長も困るだろうし、ここいらで暗い話は切り上げてしまおう。

僕は正面へと視線を戻し、不安から俯《うつむ》く委員長に笑顔を作った。

「まあ仮に他殺だったとしても、委員長は恨まれるようなことしてないし大丈夫だよ」

「……そんなのわからないじゃん。意図しない発言や行動が恨みを買うなんてのは良くある話だし、スミレ先生なんて凄《すご》く優しかったんだよ？」

「あっはは、だから心配いらないってば～」

重苦しい空気を吹き飛ばすように笑い、僕は自身の胸の前で親指を立てる。

「うん、他ならぬ僕が保証するよ！」

「？　僕がって、どうして当事者じゃない緋野《ひの》くんがそんな自信満々なの？」

「ん？　そりゃ、僕が犯人だからさ」

「………………へ？」

作った満面の笑みに、委員長はこてんと小首を傾《かし》げた。

何を言われたのか処理するまでに時間を要しているようで、思考停止した表情と動作はフレーメン反応を起こした小動物のように愛らしい。

思わずわしゃわしゃと頭を撫《な》でまわしたい気分になっていると、

「こらっ！　ダメだよ緋野くん！」

「あいてっ」

素早い動作で額を小突かれた。

本当は頭を叩《たた》きたかったのかもしれないが、僕と彼女とでは身長に二十センチ以上の差があるため狙いがズレてしまったらしい。

それが悔しかったのか、委員長は語気を強めながらも極めて絞った声量で言った。

「流石《さすが》に不謹慎だよ！　それは！」

「えー？　僕はただ空気を和ませようかと……って、ごめんごめん！　謝るからそんな怖い顔しないでよ〜。さっきも言ったけど、委員長は笑っている方が可愛《かわい》いよ、ね？」

「なっ——！　だ、だからそんな簡単に可愛いとか言わないの！　もお、バカ！　ほんとに知らないんだから！」

教室中に響く声を上げると、委員長は逃げるように廊下へと駆けて行った。

「……あーらら、嫌われちゃったかなぁコレ？」

注目を集めたついでに、僕はクラスメイトに肩をすくめてみる。

すると返って来たのは「また緋野《ひの》がバカやっているよ」という白けた声だった。

先程まで不穏がっていた者達《たち》も似たようなもので、無事ごまかしは成功したようだ。

委員長の好感度が下がってしまうのは痛手だったけれど、ジョーク一つで彼女の顔から陰りが消えたのでまあ良しとしよう。

うんうん、これにて一件落着っ！

……なーんて、スミレ先生は本当に僕が殺したわけだけど。

目を閉じれば、瞼《まぶた》の裏には昨夜の光景が甦《よみがえ》る。

人々が寝静まった月明かりの中、僕は事前に入手していた合鍵で部屋へと忍び込み就寝中のスミレ先生と顔を合わせた。

当初の予定通り、まずは拳銃を突きつけながら情報の有無を確認。確認後はスプレー麻酔で意識を混濁させ、あとは特殊な睡眠薬を飲ませればそれでおしまい。

多くを不幸にしてきた悪人には似合わない最後だが、教師の彼女に救われた者がいるのもまた事実。

苦しませずに終わらせたのは……僕なりの、せめてもの慈悲だった。

委員長の話によれば警察は自殺以外も視野に入れているみたいだけど、むろん隠蔽に抜かりはない。

たとえ他殺が発覚しても、警察は僕までたどり着けはしないだろう。

なぜなら死神に――――顔は存在しないのだから……。

「さってとー、それじゃあ僕も帰りますかねぇー？　お昼だ、お昼～」

引き留める者はもういない。残るクラスメイトにテキトーな挨拶をして、そうして僕は学校を後にした。

たんたん、たたん……と、奏でるように靴音を響かせて。

2

都会の街は、路地一本違えば別世界だと誰かが言っていたっけ。

長方形に刈られた植樹帯や、中年オヤジの頭のようになってしまった桜が並ぶ校門通りを抜ければ、周囲には見上げるだけで首を痛めてしまうビルディングが針山のように立ち連なり、先ほどまでとは比べ物にならない自動車音と声が全身を包み込む。

時刻は十二時を過ぎたところ。

まだ陽《ひ》の高い時間帯ということもあり、右を見ればアクロバティックに踊るストリートダンサー、左を見ればポップなアニメソングを垂れ流す家電量販店、前方を見れば笑顔を振りまきながらチラシを配るメイドたち、と。

そこは見渡す限り陽気さに溢《あふ》れ、「ドロボー！」と少女の声が響く『ナノハ第五地区』の街は今日も今日とて平和の二文字がよく似合う。

「――――……って、ドロボー？」

いや、前言撤回。今しがた不穏な叫びが聞こえた気がする。

声を頼りに振り返ってみれば、二十メートル先の地べたに座り込む金髪の少女と、こちらに向かって全力疾走してくるマスクの男が視界に入った。

男の手には少女のものと思われるハンドバッグが握られており、状況からしてどう見ても引ったくり現場だ。

「うーわ、こんな往来でよくやるなぁ」

その無謀さはもはや感動を覚えるレベルであり、僕は思わず足を止《と》め見入ってしまった。

周囲の者達《たち》も同じようなもので、突然のことに唖然《あぜん》と視線を向けはするものの、犯人を捕まえようなんて正義感溢れる勇者は現れない。

そうこうしている内に、逃げる男との距離は残り三メートル。

触らぬ神に祟《たた》りなしというし、ここは素直に道を譲るとし――

「どけぇええええ、ヒョロガキぃ――っ！」

ようと思ったんだけどなぁ……。

首を突っ込むつもりはなかったのに、突然の暴言につい脚の方が出てしまった。

するとすれ違いざまに足を絡めとる形になり、男はバッグを投げ出しながらアスファルトの上を転がっていく。

そりゃあもう、おろし金の上を滑る大根のように盛大に。

「あっははー、ごめんねー？　ヒョロいんじゃなくて長《い》いんだよねー」

「っ……て、テメェ、良くもやってくれたなぁ！」

男はよろよろと立ち上がると、条件反射のようにバレットナイフを取り出した。

ギラリと光るそれは鍔《つば》の無い安っぽい作りをしているが、真っすぐ構えた切っ先の向こう側には怒れる獣の如《ごと》く血走った眼球が覗《のぞ》いている。

「わぁお、なにそれホンモノ～？」

「ったりめだろクソガキ！　舐《な》めやがって、殺すぞテメェッ！」

「……そっかぁ、殺しちゃうのかー」

嫌だなぁ。なんて気の抜けた返事をすると、どうもそれが逆鱗《げきりん》に触れたらしい。

ヘラヘラしやがって気色悪ぃんだよ、と。男は吠《ほ》えるように声を荒げ、ナイフを順手に掴《つか》んで猪《いのしし》のように突っ込んで来る。

「ええ……？　そんな初対面の人に酷《ひど》いこと言うなぁ——あ、隙あり」

拙い突きを半身で躱《かわ》し、今度は足首を思いっきり蹴り飛ばしてやる。

すると男はバランスを崩し再び転倒。路肩のゴミ箱に頭から突っ込んでいった。

「ナイスシュート……っと？　んん？」

丸まった背中に追撃を掛けようとして、僕はふと群衆の中に異彩を放つ人物を発見した。

二十メートルほど離れていても目立つブルーの制服は、街を守りしポリスマン。路地から出て来たばかりなのか、怪訝《けげん》そうにこちらを見てはまだ状況が把握できていない様子。

ならばと、僕はその者に向かって大きく手を振った。

「おまわりさーん！　ここにナイフ振り回している人がいますよ～！」

瞬間――警察はホイッスルを鳴らしながら走り出す。

それは肥満ぎみな体型からは考えられないスピードであり、直《す》ぐに確保となるかと思われたが、しかしマスクの男は笛の音に直ぐに状況を察したようだ。

「チッ……！　テメェ、覚えてやがれ！」

「あっはは、僕に男の顔を覚える趣味はないよー。……っと、行っちゃったか」

逃げていく背中を見送って、僕は深く息を吐いた。

いやあ、まさかナイフまで出すとは……。完全なる銃刀法違反となれば、逮捕は免《まぬか》れないだろう。

戻ってきた警察に事情聴取とかされたら面倒だし、僕もさっさと立ち去るとするかな。

と、そんな風に踵《きびす》を返した時だった。

「あの、お怪我《けが》はありませんか？」

「……え？　ああ、別に大丈――」

心地よい音色に導かれるようにして顔を向ければ、そこには先程まで地べたに座り込んでいた金髪の少女がいて――瞬間、僕は眼《め》を奪われた。

混じりっけのない雪原の肌。

雲を切り裂く晴天の瞳。

水面に映る月のような髪。

そこに居るだけで空気を支配する強い眼差《まなざ》し――と。

近くで顔を合わせてみれば、これがこの世のものとは思えないほどの美少女で。

年齢は僕とそう変わらないはずなのに、生まれながらの金髪碧眼《へきがん》と日本人離れした顔立ちからずっとずっと大人びて見えた。

そんな美人さんはふいに一歩こちらに近づくと、僕の顔を不安げに覗《のぞ》き込《こ》んできて、

「あのぉ、大丈夫ですかー？」

「っ――！　す、すみません大丈夫です！　このとーり、僕はちっとも問題なしでごぜぇますよー！　えぇ！」

「……ほんとうですか？　なら、良かったです」

客観的に見ても挙動不審な受け答えだった気がするが、美人さんは変に勘ぐることもな

く心の底からそう思っているように胸を撫《な》で下《お》ろした。

そんな動作や流暢《りゅうちょう》な日本語はこの国の者と遜色ないものの、赤のキャリーバッグ、小脇に抱えられたガイドブック、緩く束ねたハーフアップに刺さる簪《かんざし》（お土産かな？）、男が持っていたハンドバッグと、彼女の装いはどう見ても観光旅行者のソレだ。

せっかくの旅行でひったくりとは、彼女も運が無い……。

「あー……と、それよりお姉さんの方こそ痣《あざ》とか残ってません？　もしあれば、今から走ってアイツぶん殴ってきますよ～？」

「ああ、それでしたら大丈夫ですよ」

ほら、と柔らかな笑みで答えると、美人さんはスカートの裾を小さく捲《めく》ってみせた。

そんな言葉の通り、露出した膝や脛《すね》はゆで卵ように白く滑らかで傷は見られない。

「うーん、確かに……。いやあ、怪我《けが》を理由にエスコートする予定だったのに残念だな～」

「ふふっ、それは残念でしたね？　ああでも、貴方《あなた》がよろしければお昼食をご一緒しませんか？　バッグを取り戻して頂いたお礼に、ぜひ奢《おご》らせてください」

「……おっと？」

これは予想外な反応だな。

お礼と言われても、そもそも僕は助けようなんて気概は持ち合わせてはいなかったのだ。

行動に起こしたのは善意ではなく、ちょっとした復讐心。

偶然彼女を助ける形になっただけであり、僕に対価を貰《もら》う資格などないだろう。

「そんな、別に気にしなくても大丈夫ですよー？　ほら、結局はお巡りさんに手伝ってもらっちゃった訳ですし？」

「たとえそうだったとしても、初めに勇気を出し行動を起こしたのは貴方ですよ」

やんわりと断ったつもりだったのだが、しかし美人さんは引き下がらなかった。

「良いですか？　私は貴方の勇気を称賛し、その行動に感謝をしているんです！」

「あ、えと……どういたしましてで良いのかな？　うん、その言葉だけで十分伝わったよ」

「いえいえ、こんなものが私の感謝だと思われたら困ります！　お礼と言うのはその者に対する感謝の証《あかし》であり、それを拒否されるのは感謝をしていないのと同義なんです。なのでどうか、私を感謝もできない恥知らずにしないでください……ね？」

逃がしません、と言いたげに僕の右手を取ると、美人さんは柔らかな両手で包み込む。

赤く染まった頬《ほお》に、見上げる潤んだ瞳、そしてこのぐいぐいと来る感じ――と。

僕はその光景に、どこか既視感を覚えた。

確かあれは……そうだ、知人のエロゲマスターに押し付けられたＡＤＶゲーム。

主人公の勇者とヒロインの出会いのシーンにて、窮地を救われた金髪碧眼《へきがん》の巨乳ヒロインが、今の彼女と全く同じ表情をしていたはずだ。

即《すなわ》ちこれは、ひょんなことからラブロマンスの幕開けというやつなのだろう――！

僕は最大限の決め顔を作ると、美人さんの手を優しく握り返した。

「オーケー、負けたよ。女の子からデートに誘われて断るだなんて僕はバカだった……」

「？　あの、ごめんなさい……。いったいなんの話でしょうか？」

「──あれっ」

突然なに言ってんのこの人。

と、そんな可哀想《かわいそう》なものを見るような眼《め》をされてしまった。

「え、あれ……。僕の行動に胸を打たれ、惚《ほ》れちゃったって話じゃないの？」

「？？？　いいえ違いますけど？」

「え？　え？　じゃ、じゃあ、この手はなんなんスか……？」

「ただの握手ですよ？　その……勘違いさせたのなら申し訳ありませんが、ちょっと助けられたくらいで好きになっちゃうような女の子は現実にはいませんよ？」

「で……ですよねー！　あ、あははー……」

誤魔化《ごまか》すように下手な笑みで応えると、美人さんは手を離しさっと距離を取った。

恥ずかしい勘違いに僕は今すぐにでも逃げ出したい気分だったが、しかし美人さんの声色に軽蔑した感じはなく、その顔には悪戯《いたずら》っぽい笑みが浮かんでいる。

「そんな訳でお礼はデートではなくただの食事になるのですが。それでも構いませんか？　えっと……お兄さん？」

「あーっと……そういえばまだ名乗っていませんでしたっけ？　僕の名前は緋野《ひの》ユズリハ。お姫様のピンチに駆けつけたナイスガイですよー」

「ユズリハさん、ですか……？　ふふっ、ナイスガイにしては可愛《かわい》いらしいお名前ですね」

「うお……そんなことまで分かっちゃうんだ。いやもう、ほんと日本語うまいっすね……」

名前の元になっているのは、ユズリハ科ユズリハ属の常緑高木。

関西の方では苗字《みょうじ》として使われているものだけど、音の響きとしては『柚《ゆず》』を連想し自分でも女の子っぽい名前だなぁとは思う。

「あっ、気分を悪くしたらなら申し訳ありません……！　言葉足らずでしたが、可愛らしくて良い名前だなと言いたかったんです！」

「いえいえ大丈夫ですよー。僕はこの名前が嫌いなわけじゃないし、慣れてますからね～」

「そ、そうですか？　えと……それでは行きましょうか、ユズリハさん？」

うっかり名乗るのを忘れている少女はそう言うと、僕に手の平を差し向けた。

ちょっと助けられたくらいで好きになっちゃうような女の子はいない……。そうは言ったけれど、再び手を繋《つな》ごうとするのは立派な好意の表れだ。

僕はこれから始まる楽しいひと時に胸躍らせて、

「……あら？」

「あ、ごめん」

たんたんたたん、と。

ポケットから鳴り響く夜想曲《でんしおん》に、その手を取ることは叶《かな》わなかった。

そのまま伸ばしかけた手で取り出し確認すれば、スマートフォンの画面には『仕事だ』と短いが文章が表示されていて……。

「ごめん、どうしても外せない用事が入っちゃったみたいだ」

僕の顔は、きっと落胆に歪《ゆが》んだことだろう。

3

今朝のニュースによると、本日、2025年4月15日という日は『第三次世界大戦』終戦から、ちょうど八十周年なのだという。

自分が生まれるずっと昔の話となれば戦争の爪痕など疾《と》うに消え、今朝の僕はどこか他人事《ひとごと》のようにパンを齧《かじ》りニュースを眺めていたが、思えば僕が住む此処《ここ》『ナノハ』の街は、戦後の日本復興のため開発された都市の一つであった。

八百平方キロメートルの面積を誇る『ナノハ』は大きく七つの区分からなり、僕が活動拠点にしているのはその中の五番目――ナノハ第五地区。一般的には電気とオタクの街として有名だろう。

そんな第五地区は、犯罪の多さから五年ほど前までは「ナノハ一危険な街」と言われていたが、市民のボランティアに依存した公益機関の取り組みにより、現在の犯罪数は極めて少ない。

街の随所には「皆で見回り、第五地区を守ろう！」と呼び掛けるポスターが見られ、かつての評価は一変、現在の第五地区は「ナノハ一平和な街」の呼び名を冠している。

……と、まあ残念ながらそれは表向きの顔なんだけどね。

光あるところには必ず影が射《さ》すように、ナノハ第五地区には裏の顔があった。

住民の殆《ほとん》どはその存在に気付いてすらいないが、水面下では、窃盗、誘拐、殺人、麻薬売買、違法ギャンブルと、例を上げればキリがないほどの悪事が蔓延《はびこ》っている。

犯罪の少ない平和な街というのは幻想であり、結局のところ「国が公式に認め、検挙した犯罪数が少ない」というだけの話なのだった。

悪事を働く無法者たちは、何も日陰に隠れ獲物を待ち望んでいるわけではない。規模の大きい組織ともなれば、その殆どが何かしらの擬態をし活動している。

例えばここに、メイド喫茶『あんこキャット』という店があった。

美人揃《ぞろ》いの従業員に満足度の高いサービスと、ナノハに存在するメイド喫茶の中ではそれなりの有名店——なのだが。その実、経営元は数ある悪辣組織の一つであり、通常業務の傍《かたわ》ら、極秘文書の取引や暗殺依頼等を請け負っていたりする。

かく言う僕はそんな人殺しを依頼される側であり、この店はデートを邪魔され呼び出された場所であった。

大通りから一本外れた場所にある『あんこキャット』の店前は、平時であれば長蛇の列で埋まっているものの、本日が定休日であることから人影はなく、どこか物足りないような印象を抱く。

顔馴染《かおなじ》みに話し掛けられるなんてこともなく、僕は妙に段差の高い階段をあがり『close』と札の掛かった扉を迷いなく開いた。

「はいはい、お邪魔しますよーっと」

定休日となれば当然メイドはおらず、誰かが返事をしてくれるわけでもない。

薄暗い店内には扉の鐘がからんころんと残響するばかり——と、思えば。

「おう、遅かったな」

視界の外から、古板を押し潰したような低い声がした。

まさか返事が返って来るとは思わず慌てて顔を上げれば、フロアとスタッフエリアとを区切るカーテンの隙間から壮年の男が顔を出している。

細長のサングラス、刀傷のような鋭い目、ワックスで固めたオールバック、腕まくりした白シャツ、と。心底ダルそうに出迎えたその男は、おおよそファンシーなメイド喫茶には似合わぬ様相をしており、まるでヤのつく人のよう――というか。

僕がお世話になっている組織のボス、兼『あんこキャット』の店長だった。

「わぁお、随分と厳《いか》ついメイドさんっすねー？　チェンジでお願いします！」

「あァ……？　んだ、殺されてぇのかテメェは？」

「あっ……はは、嫌だなぁ。ボスの珍しいお出迎えに嬉《うれ》しくなっちゃっただけですって！だ、だからそんな睨《にら》まないでくださいよ～！」

僅かにズレたサングラスの奥からはどこぞのひったくりとは違う、ひと睨みで呼吸を止《と》めさせるような眼光が飛んできた。

本気で怒らせればその言葉もただの脅しでは済まないし、いやあ笑えない。

「……ったく。アホなこと言ってねぇで、さっさと付いてこい」

「りょ、了解っす～！」

ボスは呆《あき》れたように溜息《ためいき》を吐《つ》くと、スタッフエリアの奥へと歩き出す。

どうやらお許しが出たらしい。僕は内心安堵《あんど》しながら、その広い背中を追った。

従業員から『事務所』と呼ばれるその部屋は、茶色の座卓が一つ、それを挟む二人掛けの黒ソファーが二つ、半分が本で埋まった収納棚が一つ、デスクとオフィスチェアが一つずつと、三十の座席やダンスステージのあるフロアと比べ小ぢんまりとしている。

ただそんな規模の割に、この部屋は検挙されたら一発アウトの書類や拳銃、弾丸、日本刀等の違法武具で溢《あふ》れていたりするのだけどね……。

僕は部屋に入ってすぐ、左側のソファーに身を投げ出すように座った。

「で、次は誰を殺せば良いんすか？　さっさとしてくださいね、僕も忙しい身なんで」

「……あん？　なんだユズ、今日は随分とご機嫌じゃねぇか。ええ、どうしたよ？」

「どうしたもこうしたも……ここへ来る前に、女神か天女かと思うくらいの美女を助けたんすよ。それでお礼に食事でもって……。いやもう、あれは完全に僕にメロメロでしたね。邪魔さえ入らなきゃそのまま一夜を共にするコースでしたよ、いやマジで」

あの後、せめて連絡先でも交換しようかという話になったのだが……。

どうやらひったくり騒動の際にバッグに入っていた携帯電話が壊れてしまったらしく、結果「また何処《どこ》かで会えると良いね」なんて今時ドラマでも聞かない台詞《せりふ》で別れることになってしまったのだった。

　いくら僕がこの街に住んでいるとはいえ相手はそうじゃない。

　運命の赤い糸で結ばれていない限り、もう二度と彼女と会うことは叶《かな》わないだろう。

「……ちょっと助けられたくらいで惚《ほ》れる女なんていうかよ」

　どこかで聞いたようなことを、嘲笑《ちようしよう》気味に言うボスだった。

　ボスはそのまま話は終わりだと言うように溜息《ためいき》を吐《つ》くと、デスクチェアへと腰を下ろし、立て付けの悪い引き出しからファイル束を取り出した。

「とりあえず八件、《死神》を指名で来ているぞ」

　死神――。それは裏社会にのみ囁《ささや》かれる、ナノハの都市伝説だ。

『受けた依頼は必ず遂行する、死神のような殺し屋がいるらしい……』初めはそんな噂《うわさ》話《ばなし》からだっただろうか。

　当時の僕は十三歳。

　同じ殺し屋ながら恐《こわ》い人がいるなぁと怯《おび》えたものだけど、自分の殺した相手が《死神》の手に掛かったという話を聞けば自覚せざるを得ない。

　噂の《死神》とは、まさに僕のことであったのだ。

当人からすればただ殺せる相手を選んでいるだけの話だったのだが、その名前には何か不思議な力が宿っているらしく、気付けば裏社会の都市伝説にまでなってしまい……。

八件と、日々舞い込む依頼量は既に僕のキャパシティを越えていた。

「……はあ、そりゃあ本日も大盛況ありがたいっすけど。見ての通り僕ちゃんの身体《からだ》は一つしかないんで、そんな受けらんないっすよ？」

「そいつは言われんでも分かっている。受けるか受けないか、いつも通りお前の自由だ」

ボスはぶっきらぼうに答えると、デスク上の缶コーヒーを飲み干し、詳細を続けるぞ、と手元の資料に目を落とした。

「一人目は――あー、借金だな」

「パス、それってどうせ保険金詐欺でしょ？　そんなんお断りですよ。パスパース」

「まぁそうだろうな。それじゃあ次――……も、借金だな」

「いやいや、なんなんすか？　死神は悪人しか殺さないってボスもご存知《ぞんじ》ですよね？」

「……ああ、よく知っているさ」

「じゃあ言わせないでくださいよ。そもそも僕が殺し屋になったのは、奴《やつ》を――父さんを殺した《亡霊》に報いを受けさせる為だ！　いつまでもそんな、しょっぱい殺しをするつもりなんて無いですからね」

金は要らない。名声も要らない。

僕が人を殺し続けるのは手段であり、全ては殺し屋を生業《なりわい》としていた父・緋野《ひの》ギンジロウが殺されたことから始まった。

「もう五年ですよ？　あとどれだけ殺せば奴の手がかりが見つかるんすか？」

「……まあ落ち着けよユズ。アイツの、ギンジロウの仇《かたき》を討ちたいのは俺だって同じだ。金と伝手《つて》を当たって、関与している事案に首突っ込んで——その上で見つからないんだ。そういう奴を相手にしているってのは、お前だって端《はな》から分かっていたことだろう？」

ああ、分かっているさ……。

《亡霊》は、裏社会に囁《ささや》かれる霞《かすみ》のような存在だ。闇雲に手を伸ばしても掴《つか》めない相手。

そいつを探すために、僕は父さんと同じ殺し屋になったのだから。

伝手を作るために関係の無い悪人《もの》を殺して、殺して、殺して……そうやって五年。

現状、《亡霊》について判明している情報は四つ。

一、僕や父さんと同じ『殺し屋』であるという事。

二、裏社会で力を持ち、様々な悪事に関与しているという事。

三、政界にすら発言力を持ち、その痕跡は決して表には出ないという事。

四、その名は都市伝説として裏社会に刻まれているという事。

以上のことは、父さんが《亡霊》に殺される以前に分かっていた事であり……。

この五年間、実のところ僕は始めの一歩すら進めていない。

関与が疑われる悪人のもとを訪れてみても《亡霊》の情報は無く、僕が手に入れたのは依頼達成の度に入って来る莫大《ばくだい》な金だけだった。

「……せめて、《亡霊》に繋《つな》がるような仕事をくださいよ」

やるせない感情を、僕は八つ当たりのように吐き出した。

けれど本当は、こんな言い方をするべきではないのは分かっているんだ。

ボスは父さん亡きあと、僕みたいな可愛《かわい》くもないクソガキを抱え込み、銃の扱い方や、人を殺すための心構えを教え、一番の協力者であってくれた。

だから感謝こそされど文句を言われる筋合いなんてない、そんなことは分かっている。

頭では分かっているけれど……。もしかするとこのまま復讐《ふくしゅう》は叶《かな》わないのではないかという焦《あせ》りが、つい態度となって零《こぼ》れてしまうのだった。

ふてくされたようにそっぽを向くと、ボスはそんな僕へ溜息《ためいき》交じりに言った。

「まあ、実は一つだけらしい依頼があるにはあるんだがな」

「――へ？　ちょ……ちょっと待ってください！　いや、あるんですか!?」

まさかそんな返答が来ると思わず素っ頓狂な声を上げると、ボスはファイルの中から一つを抜き出し、僕の前まで器用に放ってみせた。

「つい先日、とある組織の金を盗みこの国へ密入国してきたクソ女だ。金を奪われた奴《やつ》が言うには、その女は〝この世のものとは思えないほど美しかった〟だとよ」

「この世のものとは思えない……って、まさか！」

それってのはまさに、妖怪や幽霊の類《たぐい》をさす比喩であって――

「待て、慌てるな。あくまでも金を奪われたヤツがそう言っていただけで確定じゃねぇ。前回だって『死人に会える薬』と言いつつ、結局はただの麻薬売買人だっただろう？」

「……そう、っすね」

今度こそはと期待して、裏切られたのはなにも前回が初めてじゃあない。

死人に会える薬――。ボスの言うそれは、数日前までナノハに蔓延《はびこ》っていた麻薬の事だ。

売買人はその筋では古株ともいえる極悪人で、先日、僕が殺したスミレ先生であった。

殺すことになったのは残念だとは思う。けれど先生の殺しに対し僕がそれほどショックを受けていないのは、五年という月日が受け入れさせるには十分過ぎたからで……。

ターゲットが知人であったのも、やっぱり今回が初めてではないのだった。

「………………」

ややブルーな気持ちになりつつ、僕は受け取ったファイルに素早く目を通す。

そこには依頼主の氏名、ターゲットの氏名、性別、年齢、国籍、特徴、その者が如何様《いかよう》に殺しの依頼をされているのかなどなど、依頼人から持ち寄られた情報から組織が独自に調査したものまで詳細に記されている……のだが。

僕の眼《め》は、一番初めの項目で止《と》まることになった。

「あのボス？　これ、依頼主の名前が空欄になっていますよ？　もしかしてドジっ子ちゃんすか？　オッサンのドジっ子属性は萌《も》えないと思いますよー？」

「……そんなんじゃねぇよバカが。その金を奪われた組織ってのはウ、チ、の、ことなんだよ。チャイニーズマフィアとの取引で、新入りのボケが女の色香に騙《だま》されたんだ」

「はぁ、相手の女性はよっぽど美人さんだったんすねー」

そんな気の抜けた相槌《あいづち》にボスは眉をぴくりと動かすも、しかし特に言及することはない。

僕にとって、ターゲットの容姿が何の意味も成さないことを熟知しているからだろう。

たとえ相手が女子供だろうと、悪人であるなら《死神》は躊躇《ちゅうちょ》しない。それも父さんを殺した《亡霊》かもしれないならば尚更《なおさら》だ。

顔の無い《死神》は何も考えず、何も感じず、目的の為《ため》に殺す——ただ、それだけさ。

「コケにしたツケは必ず払って貰《もら》う。偶然にもヤツはこの街で遊んでいるらしいからな。《亡霊》じゃなくても、さくっとその命を奪ってこい」

ボスはドスの効いた声を響かせると、続けて「ほら」と、一枚の写真を弾《はじ》いた。

ファイルと比べると重みが無いため、それはくるくると放物線を描き飛行して。顔の高さで掴《つか》みつつ横目で確認すれば、僕は思わず神妙な顔をしてしまっただろう。

「……どうかしたか？」

「いやなんでも。ただ、運命の悪戯《いたずら》って残酷だなぁと思っただけっすよー」

そうさ、《死神》は受けた依頼は必ず全うする。

たとえそれが、先ほど知り合った金髪の少女であったとしても——。

4

貿易と生産工業の街、ナノハ第二地区。

日中は汽笛と機械音が響くナノハ一騒がしい場所も、夜になれば鳴りを潜め、辺りは世界にただ一人取り残されたような静寂に包まれていた。

……とはいえ実際のところ、僕は完全な孤独とは言い難《がた》い。百メートルほど離れた防波堤には、この世のものとは思えないほど美しい少女がいる。

名前・山田《やまだ》ハナコ（偽名）。

性別・女。

年齢・十代後半。

国籍・不明。

特徴・金髪碧眼《へきがん》、見目麗しい容姿。

罪状・組織の現金を窃盗、日本への密入国。

制裁・可能ならば盗まれた現金を回収し、命を奪う。


彼女――山田ハナコの発見は捜索を始めてから半時あまりと早く、ナノハ第五地区内のカフェテリアで確認できた。その頃はまだ陽《ひ》も高く時間にして八時間ほど前のことであったが、ここまで生かしているのは相手が顔見知りゆえに躊躇《ちゆうちよ》したわけではない。

行動に移せなかったのは、彼女のある特性が原因だった。

いわゆるカリスマとでも言うのだろうか。彼女の声、視線、手の動き、髪の揺らめき等、そんな些細《ささい》な動作の一つ一つが人の目を惹《ひ》き付《つ》けては周囲の者が盾となったのだ。

すると結果はこの通り。

すれ違いざまに致命傷を負わせるなんて出来る訳もなく、完全に陽が落ち一人になる現在まで尾行することになってしまった……。

こんなにも長い時間を観察に費やすのは意図するところではなかったが、しかしそうしているると見えてくるものがある。

それは山田ハナコという少女が、至ってどこにでもいる普通のお嬢さんだということだ。第五地区を一日中遊び歩いた彼女は、クレーンゲームで景品が取れればガッツポーズをしたり、道行く幼稚園児に手を振られ笑顔で振り返したり、シュークリームとエクレアのどっちを買うか五分も悩んだあげく結局どちらも買ったり、幸せそうに食べては笑みを浮かべ「美味《おい》しいなぁ」と呟《つぶや》いたり、と。

端から見ていると、これがとても金を盗むような悪人には思えない。

何かの間違いではないのかと、そんな風に思えてきてしまったのだった。

……けれどこれも、きっと彼女の特性なのだろう。

潔癖で、高潔で。彼女を見る者は妄信的にその在り方を肯定してしまうのだ。

案外、組織の者が金を奪われてしまったのも彼女のそんな魅力のせいかもしれない。

彼女とは「またどこかで会えると良いね」なんてロマンチックに別れたけれど、まさかそんな彼女を殺すことになるとは……運命とはホントに残酷だよな。

「……はあ。迷うんじゃない、バカ」

深く息を吐き、僕は懐から〝白い仮面〟を取り出す。

すべすべと凹凸の無いこれは、元々は父さんの持ち物だった。

殺し屋《白狼《はくろう》》として身に着けていたモノらしく、同じ殺し屋になった際、引き継ぐ形で僕も被《かぶ》るようになったのだ。

ある意味、形見と言えるのかな……。

初めこそ顔を隠すためのモノであったが、いつしか僕にとってこの仮面を被ることは、人を殺すための儀式となった。

いい、いいい、

「――――」

目を閉じ、仮面を被る。

その瞬間より、緋野《ひの》ユズリハという人間は〝死神〟となる。

死神は決して惑わされない。死神は情に心を動かさない。死神は死の痛みを思考しない。

死神は殺しを疑わない。

殺すと決めたのならば――『僕』の感情はただ捨て去るだけだ。

「…………」

瞼《まぶた》を開けば、ターゲットは変わらず人けのない防波堤に一人。

キャリーケースの上に腰を下ろし暗く蠢《うごめ》く地平線を眺める姿は、もうかれこれ三十分にもなるか。

ナノハの地形は、第一地区を中心に残り六つが円を描くように配置されている。その姿はさながら花弁が六枚の花のようであり――。ここ第二地区は第五地区のほぼ対極に位置し、距離はタクシーで一時間。

夜になり年頃の娘がこの場所まで赴いたのは、隠した金を取りに来たのか、はたまた誰かと落ち合う予定なのか。考えが読めず暫《しば》し観察をしていたものの、しかし彼女は呆然《ぼうぜん》と海を眺めているだけであった。

……であれば、ここいらが潮時だろう。

幸いこの場所は、悟られることなく誰かを消すにはお誂《あつら》え向《む》きだ。

闇色のコートから拳銃を一丁取り出し、百メートル先の少女に照準を合わせる。

通常、拳銃の有効射程距離は五十メートルと言われているが、僕にとっては関係ない。銃を教えたボス曰《いわ》く――天才。

幼少期から他人よりも物が良く見えると思っていたが、どうも緋野ユズリハの〝眼《め》〟は常人とは比べ物にならず、遠距離視力と動体視力、それから空間把握能力がほぼ機械レベルらしい。

実際、僕はこの距離からでも少女の瞬《まば》きを確認でき、次の瞬間には、痛みを悟られないほど素早くあの世へ送ってやれるだろう。

「――ッ――」

引き金に指を掛け、流れるように二度動かす。

銃口は闇の中で落雷のように閃光《せんこう》し、銃弾は破裂音を響かせながら射出——側頭部へ一発、胸部に一発——コンマ数秒のうちに命中。少女は悲鳴を上げる間もなく血飛沫《ちしぶき》を上げ、硬いコンクリートの上へ投げ出されるように倒れ込んだ。

一秒、二秒。そのまま動き出す気配はない……が、まだ終わっていない。

僕は素早く近付き、確実な死を確認するため少女の肩を爪先で突いてみる。

「………………」

依然として反応はない。

血だまりに横たわる少女は頭と胸に鮮血の花を咲かせており、誰の眼《め》から見ても明確に絶命している。もちろん即死であろう。

実際に言葉を交わし人となりもある程度には理解していたというのに、やはり僕はそれほどショックを受けてはいない。初めて人を殺した夜は食事も睡眠も満足に出来なかった筈《はず》なのに、今はもう、多少の嫌悪感を残す程度に留《とど》まっている。

——まるで本物の死神みたいだ、なんて……。

いつかはこの胸の引っ掛かりも完全に消え、それこそ息を吸うように、僕は人を殺せるようになってしまうのだろう。

「のくたーん、たたん……たんたん、たたん……」

呟《つぶや》き、少女の亡骸《なきがら》に背を向ける。

これにて僕の役目は終わり。あとは組織へ連絡し、死体の処理を頼めば依頼も完了だ。

終わってみれば呆気《あっけ》ないものだった。今回のために軍用ナイフ二本、拳銃三丁、弾倉を四つも準備して来たが全て無駄だったな……。

確かにこの世のものとは思えないほど美しかったが、彼女は《亡霊》ではなかったのだろう。奴《やつ》がこんな簡単に殺されてくれるはずがないし、冷静になってみればそもそも彼女は僕と同年代だ。五年前の時点で都市伝説の《亡霊》と恐れられ、この国を裏から支配していたなんてのはつじつまが合わない。

……だから彼女は、ただ美しいだけの小悪党だったのだ。

またつまらぬものを殺してしまった……なんてね。

僕は自身の行いに嫌気がさしながら仮面を外し――一歩踏み出した、その瞬間。

「それ、何かの歌ですか？」

無音の防波堤に、ただただ涼やかな声が木霊《こだま》した。

まさかと思った……。

そんなハズはない、きっと堤防にぶつかるさざ波が偶然そう聞こえたのだろう。

僕はそう信じ、たっぷり十秒かけて振り返る。

「あーもぉ、お気に入りの服が台無しじゃないですかぁ～」

するとそこには、血だまりで上体を起こす少女がいて――。

痛みなんて毛ほども感じていないような声で、まるでパスタソースがはねたくらいの言いぐさで立ち上がり、その場に血染めの上着を脱ぎ捨てた。

「――おいおい、化けて出るには早すぎだろ……」

一連の動作を前に、僕は意味が分からなかった。

どうして彼女は生きているのか。何故《なぜ》そんな風に平然としているのか。確かなのは、それが世界のルールから逸脱した光景ということで……。

「あら？」

辛うじて絞り出した声に、碧《あお》い瞳は僕を見上げる。

続けて少女は、昼間に見せたのと同じように愛らしく首を傾《かし》げた。

「あまり驚かないのですね？」

「はっ……そんなわけないでしょ。確かに脳も心臓も撃ち抜いたし、その出血量で立ち上がり話をするなんてのはたとえ麻酔が効いていたとしても不可能なんだ。となれば幽霊かモノノケかって。そうとしか思えなかったから化けて出たのかって言ったんだよ」

「――あはっ！　随分と冷静な状況判断じゃないですか！」

そんな受け答えがツボったようで、少女はなんの嫌みも無い無邪気な顔で笑った。

血塗《ちまみ》れの口でくすくすと、この世のものとは思えないほど美しく。

「勘弁してくれよ……」

女の子を笑わせて、こんなにも心が躍らないのは生まれて初めてだ。

状況が違えば、僕はきっとこの愛らしい笑顔に胸をときめかせていたに違いない。そのまま恋に落ちていたってのも有り得ただろう。

けれど今の心境に――そんなモノは、ちっとも入りこむ余地がない。

喜びよりも、恐れよりも、泥のようなねちっこい感情が出口を彷徨《さまよ》い渦巻いている。

触れて心肺を確認したわけではないけれど、確実に死んでいたんだ……。

その証拠に、少女の長い髪やワンピースの下から露《あらわ》になった下着は多量の鮮血に染まり、足元の血溜《ちだ》まりと合わせれば致死量はとっくに超えている。

他の誰でもない僕自身の手で殺したというのに、もはや僕は自分の頭が信じられない。

殺しの日常に耐えきれず、ついに心が壊れてしまったという方が何倍も説得力があった。

「生憎《あいにく》と私は幽霊ではありません。正真正銘、生きていますよ？」

少女はひとしきり笑い声をあげると、次の瞬間には悪戯《いたずら》っぽい笑みを浮かべ、僕の眼《め》を

絞り出した。

けれど今は、それが悍《おぞ》ましくて仕方がない……。汗ばむ拳を握り締め、僕は震える声を

月夜に浮かび上がる碧《あお》い瞳は、やはり昼間に眼《め》を合わせた時となんら変わらない。

覗《のぞ》き込《こ》んできた。

「そんな話が事実だって？」

「ええ、そうですよ。こうして会話をしているのに、まだ信じて頂けないのでしょうか？」

「……そりゃ、簡単には信じられねぇでしょ」

自慢ではないが、僕は直接人を殺した数に関しては世界でもトップクラスだろう。

効率的に命を奪う方法は熟知しているし、急所を二ヵ所《にかしょ》も打ち抜かれピンピンしている

荒唐無稽な人間なんて今日この時まで眼にしたことが無いのだ。

「最後に信じられるのは自分自身なんて言うけれど。僕が掛け値なしに信じられるのは、

真夜中に啜《すす》るカップ麺の罪深い美味《うま》さと、言葉ではなく行動で示す人間なもんでね。悪い

けど、さっさと消えてくれないか――僕の妄想さん？」

「……むぅ、存在を妄想扱いされるとは中々貴重な体験ですねー。ああでも、つまり貴方《あなた》

は私が本当に生きていると証明できれば良いのですね？」

「まあ……出来るものならね」

「ふむ、でしたら触って確かめてみますか？」

少女はそう言うと、僕に向かって手を差し出した。

それは昼の時と似た状況で。あの時は邪魔が入り触れることは叶《かな》わなかったけれど——

僕はその言葉を聞いて、思考するよりも早く手を伸ばす。


ふにんっ。

ふにふに、ふにんふにんっ。


下着の上からでは布特有のごわついた感覚はあるものの、手の平には今まで感じたことのない、男のそれとは違う至高の柔らかさが広がった。

「へえ……？」

これはこれは、大福とも肉まんとも水入りビニールとも違う。

それは思わず本能が思考することを放棄し、もうなんか凄《すご》すぎて凄い以外の言葉が思いつかないくらい凄く凄いすごいスゴイ——おっぱいであった。

「キミって、意外と着やせするタイプなんだね」

「……いや！　なにナチュラルに揉《も》んでるんですかっ！」

ばちんっ、と勢いよく手を払いのけられた。

少女は自身の身体《からだ》を抱きしめるようにして距離を取ると、すかさず僕を睨《にら》みつける。

どうやら怒らせてしまったようだが、彼女は先の行動の何を咎《とが》めているのだろう？

「え、どこでも触っていいって言わなかったっけ？」

「言ってませんけどっっっ！？！」

……言ってなかったかもしれない。

実際には三秒にも満たない時間だったというのに随分と長い間揉《も》んでいた気がするが、ともあれ、叩《たた》かれた手にはぴりぴりと痺《しび》れるような痛みが残り、彼女が実体を伴っているという言葉に疑いの余地はないようだ。

そうなると今度は、新たな〝何故《なぜ》〟が僕の思考を支配する。

殺したのに——死んでいない。

そうだ、僕の頭が正常だったというならばどうして彼女は生きているというのか。

何故……？　いや、そんなのは分かりきっている。目の前で起きたことが全てであり、それこそアニメや映画などのフィクションではよくある話じゃないか。

「不死身ってやつ、なのかな？　キミみたいなのは初めて会うなぁ……」

「ええ、それは同感ですね。殺された相手に平然と胸を揉まれたのは私も初めてですよ」

平然か。平然に……見えるのか。

決してそんなことはない。許可も無く彼女の胸を揉んでしまったのは、やはりそれだけ僕が動揺しているということの表れだろう。

都市伝説にまでなった僕の存在が中学生の妄想ノートみたいなものだけど、それでも辛うじて現実に起こりうる範囲のものだ。

——けれど彼女は違う。

その事象には説明が付かず、時間が経《た》てば経つほど恐怖の念は肥大していく。

完全に反転した。今はその声が、笑みが、髪の揺らめきが。怖くて、怖くて、怖くて。腹のそこから沸き上がる吐き気に指先が震えるようだ。

恐ろしい、逃げたい、そうやって銃を握る手に汗を滲《にじ》ませていると、

「不死身なのか、ですか？　まあその疑問に答えればご覧のとおり、私は死にません」

ほら、と。少女はわずかにブラジャーをズラした。

露《あらわ》になった白い胸部は血に塗《まみ》れているものの——どこにも銃痕が存在しない。

その事に気付き顔を上げれば、頭部の孔《あな》も同様。やはり傷は塞がり消失していた。

「……わぁお、マジもんのバケモノじゃんか」

「む、失礼ですね！　こんな美少女を前にしてバケモノとはなんですか！」

「あ、はは……。美少女って、自分で言っちゃうんだそれ？」

「ええ、良いことは誇るべきなのです。謙虚を美徳とするのは日本人だけですよ！」

そりゃあ文句を付けようがない美少女ではあるけれど……。

しかしこの場合、容姿は関係ない。彼女が美しいということに疑いの余地がないように、彼女の本質は死ぬことのないバケモノなのだ。

僕が拳へ力を籠《こ》めると、少女は服を正し、

「確か……ユズリハさんでしたっけ？　結局のところ貴方《あなた》は何故《なぜ》私を殺したのですか？」

恨みを買うような真似《まね》した覚えがないのですけど、なんて心当たりがなさそうに言った。

——ああ、やはり僕は酷《ひど》く動揺しているらしい。

不意に名前を呼ばれ、そこで初めて仮面を外したままだったことに気が付いた。

まずいな、素性がバレてるじゃんか……。

「そりゃ頼まれたからだよ」

心の中で舌打ちをしながら、僕は笑顔を作り答えた。

「頼まれた、ですか……？」

少女の言葉にああ、と続ける。

今度はお姫様のピンチに駆けつけた王子様ではなく、大金を盗んだ悪人の後始末を命じられた殺し屋なのだ——と。

本来であれば依頼に関する事は他言無用なのだけど、続く動揺のせいか、僕の口からは驚くほどすらすらと言葉が出ていった。

「悪人の？　ああ――ということは、貴方が《死神》さんですか」

　すると少女は手を叩《たた》き、納得がいったようにその名を口にする。

　死神と――僕を体現する罪の名を。

「あれれ、おかしいな……。そう名乗った覚えはないんだけど、まさかキミは死なないだけじゃなく超能力まで使えるのかな？」

「あはは、まさかー。ただ、ナノハにはそういう都市伝説があるって知っていただけですよ。悪人殺しの、顔の無い《死神》でしたっけ？　その反応からするに、本当に貴方が死神さんだったのですね。なんだ、結構かわいい顔をしているじゃないですかぁ～」

「……名乗った覚えはないって言っただけで、別に認めたわけじゃないけどね」

　僕は苦し紛《まぎ》れに笑顔で否定する。が、そんなものは通じなかったらしい。

　少女はそっぽを向くと、どこかつまらなそうに溜息《ためいき》を吐《つ》いた。

「まあ、死神というより道化って感じがしますけどね。会話の主導権を握るのは得意なつもりだったのですが、掴《つか》み所《どころ》のない感じに私の方がペースを乱されちゃっていますし？正直なところ、死神さんは私が死なない事をご存じだったんじゃないですか？」

「……まさか。さっきも言ったけれど、こう見えて結構驚いているんだよね。内心ドキドキで、手汗どころかパンツまでビチャビチャよー？」

そりゃあもう、ヘラヘラと口を動かさなきゃ正気を保てないくらいには動揺している。いつもの調子でジョークのひとつも口にしてみたものの、やはり少女はくすりともしなかった。

「確かに昼間助けて頂いた時よりはやや素っぽい感じがしますがー……って！　そう言えばあの時、貴方《あなた》は『また会えると良いね』なんて言ってましたが、もしや昼間のあれは私に近づくための自作自演ですか？　まったく、感謝したのがバカらしいですね！」

「おっと、それは違うよ。あれはほんと偶然。ラブコメならあそこから甘酸っぱい恋愛が始まったかもだけど、ほんと偶然ってのは残酷だよねぇ？」

「……ふうん？　そんな、誰かの意志が介入してそうな偶然ってあるのですねー？」

不思議ですねー、なんて。少女はちっとも信じてはいなさそうに目を細めた。

そんな表情は軽蔑したというより、どこかガッカリといったニュアンスを含んでいるように見えるのは気のせいだろうか。

「うん、びっくりだよねー？　……っと、まあそんなわけなんだけど。今度は僕のほうが質問しても良いかな？」

「？　ぶしつけですね。まあ構いませんが、バストサイズは教えませんよ？」

「はは、それは魅力的だけど。僕が訊《き》きたいのはキミの正体だよ」

さしずめ吸血鬼とか、かな？

伝承や創作で不死性を持ち合わせる人外は数あれど、人を魅了する美しい存在と言えば真っ先に思いつくのはそれだろう。

加えてナノハには、〝血を吐く《吸血鬼》〟という都市伝説があったはずだ。

「――はあ、なんですか吸血鬼って？」

確信があっての問いかけだったが、しかし返ってきたのは鼻での笑いだった。

「違いますよ。そんな吸血鬼なんてこの世にいる訳ないじゃないですか」

「いない、のか……？　いや、じゃあキミは何だってのさ？」

「私は魔女ですよ。悪魔と契約をし、取引の結果この不死の肉体となったのです」

たんたんと、少女は月を見上げて言った。

そんな横顔は海を眺めていた時と同じように、どこか愁いを帯びていて。

まるでそれは望んだ結果ではなかったかのような――。無意識か、意図してか、妙に含みを持った言い方であった。

「魔女、ねぇ……？」

僕はその言葉を噛《か》み締めるように反復する。

魔女――そして悪魔か。

ナノハにそんな都市伝説は無く、裏社会に長くいるボスからも聞いたことは無い。

しかし死んだ人間が蘇《よみがえ》るなどまさに魔法以外のなにものでもなく。たとえその存在が今まで目にしたことのない非科学的なものであったとしても、彼女の答えは最後のピースが綺麗《きれい》にハマったようにすとんと胸に降りた。

「それで、どうしますか？」

まだ殺すつもりですか、と少女は眼差《まなざ》しで問うてくる。

今まで彼女を殺そうとしてきた者がどれだけいて、彼女が死なないと知ってその者達《たち》がどういった行動に出たかは分からない……が。

緋野《ひの》ユズリハにとって、それは愚問だ。

「どうするもこうするも、こっちにも信用ってのがあるんでね。依頼を受けた以上は投げ出すわけにはいかないんだよ。だから悪いけど、大人しく殺されてくれるかな？」

「あはっ、だからどうやっても死ねないって言ってるじゃないですかー」

それはもう飽きたと言わんばかりに苦笑し、少女は肩をすくめる。

やれやれ仕方ない、そっちがその気なら——と。心底面倒くさそうに膝を伸ばし、肩を回しては、

「じゃあ、逆恨みしないでくださいね？」

金色の髪を螺旋状《らせんじょう》に振り乱し——少女は弾丸のように地を蹴った。

彼女が起き上がってからというものその一挙一動を注視していたため、僕が動いたのもほぼ同時だった。縛《いまし》めを解かれたように腕は自然と動き、右の仮面は投げ捨て、左の銃口は向かってくる魔女へと狙いが定められる。

視界良好。距離三メートル。所要時間、一秒未満。

流れるように発射された弾丸は、魔女の左眼窩《ひだりがんか》から頭部を撃ち抜いていく。上体を大きく反らすほどの衝撃は、周囲に鮮血を撒《ま》き散《ち》らすほどの致命傷であり、

「痛《い》――――ったいですねぇえええええええええええ！」

けれど魔女は止《と》まらない。

苦痛で引きつった笑みを浮かべると、細い足で力強く地を踏み締め、僕に向かって何か黒いモノを投げてよこした。

瞬間――闇の中に閃光《せんこう》が迸《ほとばし》る。僅か一秒。それが本来、手元のスイッチを押し続けなければ作動しないスタンガンであると気付いた時にはもう間に合わない。

どんなに動体視力が優れていようと、空気を裂く音を立てながら迫るそれを僕は躱《かわ》しきることが出来ず。電流は一瞬のうちに、胸部から全身に向かって駆け巡り、

「っ――ぐぁ――！」

脳内で火花が弾《はじ》けたのかと錯覚するほどの痛みが襲い掛かった。

バチバチと視界は点滅と共に失われ、通常では考えられない電圧に身体中《からだじゅう》のありとあらゆる筋肉が硬直する。まずい、と思ったがどうしようもない。

肉体は既に己の支配を離れ、僅かな時間、僕の意識は空白の中に堕《お》ちていった。


「うふっ、あははは……！　捕まえましたよ、ねぇ……死神さん？」


新鮮な血液の匂いと、さらさらとした毛先が鼻を擽《くすぐ》る。

物の輪郭が判別できる程度に視界が戻って来たが……どうやら僕は、馬乗りになる少女によって両手首を拘束されているらしい。

油断は無かったと思う……。これはそう、単純に常識が通用しなかったのだ。

相手は不死のバケモノなのに姿形がなまじ人だったばかりに、五年分の対人経験が仇《あだ》となった形だ。

後頭部に残る鈍痛と全身を襲う倦怠感《けんたいかん》に抵抗する余裕はなく、僕は漠然と、その美しい顔を眺めることしか出来ない。

痛いのは嫌だなぁ、なんて……。ぼうっと纏《まと》まらない思考の中でそんなことを思ったが、逆光から見下ろす少女は無表情のまま何故《なぜ》か動く気配がない。

僕をどう料理するのか悩んでいるというよりは、どこか戦意を感じられないような。

「どう、したんだよ……？　っ、早く……殺さないのか？」

「死神さんは殺して欲しいのですか？」

「？　僕的には……そのまま胸を押し付けてくれると嬉《うれ》しい、かもね……？」

「……はあ、重病ですね貴方《あなた》」

様子見にジョークを挟んでみるも、少女は笑うでもなく、ただ呆《あき》れたように息を吐いた。

その様子は随分と余裕というか。

いくらでも止《とど》めを刺す時間はあったのに、そんな緊張感のない会話のうちに、僕の視界と思考はすっかり正常さを取り戻してしまった。

「一応断っておきますが、私は恋愛感情の無い殿方にそういうことはしませんからね！」

「ははっ……そっか。それは残念だね」

血と汗の匂いが混じるなか、類を見ない美少女から情熱的に押し倒されるだなんて、もう少し状況が違えば夢のような状態であったのに。

ほんと——夢であれば良かったのにね。

キミの所為《せい》で、もう殺さずに済むんだなんて。そんな身勝手なことを思ってしまったじゃないか——ッ！

「まあでも、生憎《あいにく》と僕は女の子には乗りたい派なんでね？　お楽しみのところ悪いけど、そろそろソコを……どいて貰《もら》おうかッッッ！」

腕は塞がれど頭と下半身は自由なままだというのに、流石《さすが》に舐《な》め過ぎだ。

脚で反動を生み、僕は勢いよく上体を起こす。すると見下ろしていた顔へ額を打ち付ける形となり、少女は小さな悲鳴を残しながら後方へと崩れ落ちる。

「――ッ！」

そこから先は、ただ一方的な殺しだった。

腿《もも》のホルスターからナイフを二本引き抜き、僕は目の前の対象を殺し続ける。

それはきっと八つ当たりだったのだろう。……らしくない、こんなの矛盾している。そう分かっていても、僕は強い怒りから手を振るわずにはいられなかった。

頸動脈《けいどうみゃく》を掻《か》き切り、眼孔から脳を掻き回し、逆手で握った柄で頭蓋骨を粉砕し、喉仏を押しつぶし、みぞおちを裂き、心臓を抉《えぐ》り出《だ》し、首をねじ切り、再生するよりも早く刻み、ミンチにし、息つく暇もなく、思いつく限りの方法で命を奪い続け――十回。

そこまで殺し、僕の手はようやく止《と》まった。

死なないのならば再生限界まで殺し続ける。そんなものは不死を題材とした創作物では飽きるほど擦《こす》られてきた解決方法……そのハズなのに。

少女は殺す度に、立ち上がってみせた。

そこに肉片の大小、臓器の欠損は関係なく。飛び散った血肉はそのままに、彼女の身体《からだ》は細胞分裂を何百倍も早送りで見ているかのようにたった十数秒で元通り再生してしまう。

即《すなわ》ち初めに死を確認したとき彼女は蘇《よみがえ》っており、死んだフリをしていたわけだが……。

ともあれ、一度ならず十度。そんな非科学的な光景を目の当《ま》たりにすれば疑《うたぐ》り深《ぶか》い僕も否応《いやおう》なしに理解する。

彼女は決して死ぬことがない――文字通り不死の魔女なのだ、と。


「……いい加減にしてくれ。一体どれだけ殺せば気が済むんだ？」


止まった手が、再び動き出すことは無い。

血に塗《まみ》れたナイフを握ったまま、ただ血肉の海に横たわる少女を睨《にら》みつける。

「っ……はは、気が済むのかって貴方《あなた》がそれを言うのですか？　そんな風にぽんぽんと殺されても、こっちだって痛いんですが？」

すると少女はそれまでの十一回と同じように上体を起こし、そろそろ飽きてきたと言いたげに僕を見上げた。

殺しの過程で殆《ほとん》ど裸と変わらない格好となった彼女を覆い隠すのは、周囲に転がるのと同じ、かつて彼女の一部であった血肉の残骸だ。それだけの数を殺したし、痛がる素振りは見せるものの、少女は恐怖なんてものは欠片《かけら》も感じていないみたいにけろっとしている。

「もう分ったでしょう？　だってのに、それでもまだ諦めないおつもりですか？」

「……うる、さいなぁ！　だったら早く、くたばってくれませんかねぇ……ッ！」

「それは無理な相談ですねー。生き返ってしまうのは私の意思とは関係ありませんし？」

「ああ、そうかよ……！　そいつはクソ最高に良かったな！」

一方で、こちらは息も絶え絶え。気を抜けば膝が折れ地面に口づけをしてしまいそうだ。

原因の大部分は、スタンガンによる電流と、押し倒された際に負った後頭部の傷だろう。

どうも先ほどから指先が痺《しび》れ、頭痛から眼《め》も霞《かす》んでしまっている。

「……ふう」

思考をまとめるため、深く息を吐く。

体力の限界から殺せてもあと三回と言ったところだが、彼女の様子からしてそれで足りないのは明白だ。じゃあ、どうするか。殺すことを諦め見逃すのか？　現実から目を背け、思考を放棄し殺し続けるのか？

灯《あか》りの無い堤防に呼吸を響かせ、一秒、二秒、わずかな自問自答を繰り返し。

そうして僕は、ただ一つの活路を見つけた。

「オーケー、殺せないのは十分に分かった。だからもう殺すのは止《や》めにしよう」

僕はナイフをその場に捨て――。

懐から口径が通常の三倍ある拳銃を取り出し――少女に突き付ける。

「あれあれ、大丈夫ですか死神さん？」

座る少女は、向けられた銃口に首を傾《かし》げた。

正気を疑い憐《あわ》れむように、細いまゆは可哀想《かわいそう》なものを見るように顰《ひそ》められている。

「それ、言動と行動が一致していなくないですか？」

「……いいや？　これで良いんだよ」

そう、これで構わない。

殺せないからといって、彼女をここで見逃すわけにはいかないのだから。

「だってほら、なにも殺すことだけがキミを無力化する方法じゃないでしょう？」

「へぇ……？」

素っ頓狂な声が上がると同時に、僕はトリガーを引く。

通常の拳銃よりも三倍近く大きいボディから放たれた弾丸は、射出されて間もなく、少女の眼前で展開する。

――荊棘《けいきょく》の枷《かせ》〈アンカー・バレット〉。

これは、ナノハの裏・都市伝説。自称タイムトラベラーの《技術者》が造った、僕が現在所持するなかで唯一〝不殺生〟の特徴を持つ武器だ。

銃弾の内側には五本の超合金ワイヤーが仕込まれており、発射とともに展開、正面のターゲットへ速やかに絡みついて捕縛。そのまま両端に付いた返し刃が肉に深く食い込んで、決して自力で外すことは出来ないようになっている。

「い、痛っ——！　ちょ、何ですかコレぇ⁉　なんか食い込んでいるんですけどもぉ‼?」

「うん？　そりゃ、藻掻《もが》けば藻掻くほどに食い込むようになっているからね。製作者曰《いわ》く、そのワイヤーは象でも切れないらしいから引き千切ろうとしても無駄だよ」

「なっ、なんですとぉ——⁉」

裏にも表にも、世界中のどこにも流通していない代物《しろもの》に流石《さすが》の魔女も驚いたようだ。涙目で、「大事なところが裂けちゃいますぅぅぅぅ」と叫ぶ姿には、先程までの余裕は微塵《みじん》も感じられない。

いや大事なところて。

「お、お願いします！　これを外してっ……このままじゃホントに裂けちゃいますぅ！いや、実質裂けてはいるんですけども！　と、とにかく外してくださいぃ！」

……うん、よーし。ジョークを言えるくらい余裕があるなら大丈夫だな。

なので「ああ駄目、死神さん無視しないでぇ」と切羽詰まった抗議の声は無視する。

今はとにかく、頭痛から立っていることが難しい……。僕はズボンが汚れるのも構わずその場に腰を下ろし、脱力とともに深く息を吐く。

とにかく疲れた……。足元では依然としてぎゃあぎゃあ五月蠅《うるさ》い声がするけれど、ともかくこれで文字通り一息つくことができたかな。

身柄確保と最低限の責任は果たせたし、あとはボスに指示を仰ぐとしとよう。

「ああっ、もう！　じゃあ死にますよ！」

「……ええ？　それは流石に自暴自棄になりすぎじゃない――っと？」

何を無茶苦茶《むちゃくちゃ》言っているのかと眼《め》を向ければ、そんな僕に向かってヌメリと小、、、さなもの、が吐き飛ばされる。

何かと注視してみれば、その赤くテラテラとしたモノは、周囲に転がる無数の死体と同じ色をしていて……。

それが何であるかを理解したのは、少女が咳《せ》き込《こ》み吐血した後だった。

「なっ……おまえ、なんで舌をっ！」

噛《か》み切った――？　そう口に出し掛けた言葉を、僕はすぐさま飲み込む。

たとえ生き返るとしても、返し刃の痛みから解放されるために一次的に死ぬなんてのは全くもって合理的ではない。だから彼女の狙いはソ、レ、じゃ、な、い。

疲弊しきった頭で少女の狙いに気付く――が、今度は肉体の方が付いて来ない。

故に僕は、分かっていながら突如背、後、に、生、ま、れ、た気配に対応しきれず、

「つ、ぐぁあ……ッ!?」

振り返るよりも早く、後頭部にガツンと衝撃が走った。

視界は九十度前へと倒れ、これで二度。元々ダメージを負っていた箇所を叩《たた》かれたことにより、僕の身体《からだ》は受け身すら取れずに崩れ落ちる。

「惜しかったですね死神さん？　残念ながら、今回は私の勝利ですっ！」

残る力を振り絞り眼球でその声を見上げれば——。

一糸纏《いっしまと》わぬ少女が、千切れた腕を鈍器のように振り下ろす瞬間だった。

5

たーん、たたん、たんたんたたん。

たーん、たたん、たんたんたたん。

ぼやけた風景の中に、どこか懐かしい音が流れている。

（音？　いや違う、これは曲だ。ノイズ交じりの、今にも壊れそうな夜想曲《ノクターン》だ）

そんなことに気付きおもむろに顔を上げてみれば、そこは夕日が差し込む和室で……。

黄ばんだ壁紙、黒ずんだ畳、破れた襖《ふすま》、色褪《いろあ》せたレコードプレイヤー、と。あの世にしては庶民的で、少し異質な、やはりどこか既視感を覚える場所であった。

(これ、よく知ってる……。どこで見たんだっけ?)

霞《かすみ》がかった頭でそんな事を思えば、視界の隅にはそれまで存在しなかったボロコートの男が座っていて——。


『よおチビ。なんだ辛気臭《しんきくさ》い顔して、何か嫌な事でもあったのか?』


目が合うや否や、その男は覇気のない笑みでそう言った。

汚ならしい無精髭《ぶしょうひげ》に、寝癖とフケだらけの頭と。そんな絵に描いたようなだらしがない人は見間違うはずもない。彼は僕の父、緋野《ひの》ギンジロウだった。

(ああ、夢かこれ……)

顔を合わせ、声を聴き、これがひと時の幻想であることに気が付いた。

それもこれは、過去にあったいつかの出来事の再現で。いまの僕が何を語っても、どう動こうとも、この父さんが反応を示してくれるわけではない。

(とう、さん……! 父さんッ!)

そう頭では分かっていても……僕は、父に手を伸ばさずにはいられなかった。

夢を自覚すれば——終わりは自《おの》ずとやって来る。

古ぼけた夜想曲《ノクターン》はいつしか止《や》んでおり、光とともに崩壊し始めた風景に、伸ばした手はついに父さんに届くことなく――

「あ、目が覚めましたか？　おはようございます、気分はいかがでしょうか？」

僕の手は、美しき女神の手に包み込まれた。

「…………え？」

金色の髪に、碧《あお》い瞳と。

その女神はどこかで見たような容姿をしていたが、温かな光のなか見下ろすその顔は、まるで愛《いと》しい我が子へ向けるような慈愛に満ちていて、

「ふふっ、そんなにじっと見られると照れてしまいますよー。もしかして寝ぼけているのですか？　死神さん」

瞬間、僕は手を跳《は》ね除《の》け飛び起きる。

違う……。寝ぼけ眼《まなこ》のせいで勘違いしていたが、こいつは女神なんかじゃない――！

「……いったい、なんのつもりさ？」

「はい？　なんのつもり、とは？」

外套《がいとう》より拳銃を引き抜いた僕に、魔女――山田ハナコは困ったように首を傾《かし》げた。

そんな仄《ほの》かな笑みの向こう側には、朝日が地平線から顔を出す港が広がっており、意識を手放してから四～五時間は経《た》っているだろうか。止《とど》めを刺す時間はたっぷりあったのにもかかわらず、その場から動かさず膝枕をしていただなんて彼女の意図が分からない。

これじゃあまるで、看病でもしていたみたいじゃないか。

「みたいではありませんよ死神さん。まさしく私は看病をしていたのです。そもそも私は、貴方《あなた》を傷つけようなんて考えを初めから持ち合わせてなんかいないのです」

「う……ウソつけ！　気絶する前に殴ったのを、僕は覚えているからな！」

「はあ、それはこうしてお話しする場を整える為《ため》ですよ。殺しもせず、逃げもせず、その銃を取り上げもせず。起きるまで見守っていたのですから少しは信じて頂けませんか？」

「…………」

確かに、状況は全てを物語っている。

どうも僕は、寝起きで頭が回っていないらしい……。この行動は軽率だった。

「悪かったよ……。キミに敵意が無いのは分かった。けど、その真意はなにさ？」

銃口を下げ、僕はそのまま口を開く。

僕達《たち》は数時間前まで殺し合いをしていた。殺し続けたし、痛い思いもたくさんさせた。

そんな相手に、なぜキミは親切に出来るというのか。

「あは、死神さんは難しく考えすぎですよ。通常、人が人に親切にする理由はなんですか？」

そんな返答に、僕は目覚めたときに彼女より向けられた笑みを思い出す。

あれはおおよそ、自分を殺した相手に向けるようなものではない。いや、むしろ――。

「……えーっと、つまり山田《やまだ》さん」

「そんな他人行儀やめてください。どうぞ、ハナコでお願いします！」

「あ、はい。その……ハナコ、さん。つまりキミは、僕に好意を抱いている……と？」

「その通りです！　言葉にすると恥ずかしいのですが、私は貴方《あなた》を愛しているのです」

「……なんで？」

いや、どうしてそうなった。

僕が彼女に与えたのは殺しだけだし、まさか彼女は極度のマゾヒストだとでも……？

怪訝《けげん》に眉を顰《ひそ》めれば、ハナコはあっけらかんと答えた。

「なんで、とおっしゃられても……。人が人を好きになるのに理由が必要なのですか？」

「――――」

あまりにも真っすぐで澄んだ瞳に、もはや何も言い返せなかった。

きっとこの少女は、僕には測り得ぬほどぶっ飛んだ思考回路をしているのだろう。

ただ一つ、それだけはよく理解できた。

6

「お前は一体なにを言っているんだ？」

　時刻は早朝六時半。

　コーヒーの香ばしい匂いが立ち込めるメイド喫茶『あんこキャット』の事務所にて、強《こわ》面《もて》の男――もといボスは僕の報告にこめかみを抑えた。

　お前は馬鹿かと。こんな朝っぱらから何の与太話《よたばなし》をしているのかと。そんな心底呆《あき》れているような眼差《まなざ》しがズレたサングラスの奥から降り注ぐ。

「あれだろ、どうせ好きになっちゃったんだろ？　だからってお前なぁ、殺しても死なねぇなんて下手なトンチみてぇな事ぬかしてんじゃねぇぞ。このクソ童貞ヤロウがッ！」

「いやいやいや！　これがほんと、嘘《うそ》のようでマジの話なんですってばー！」

　ねぇハナコさん、なんて僕は助けを求めるように隣へと目を向ける。

　すると僕の腕に胸を押し付けるように寄りかかっていた金髪の少女は、ソファーに腰掛けながらどこかウットリとした笑みで頷《うなず》いた。

「はい、死神さんを永遠に愛すると誓いますっ！」

「……あれれー？　あのぉ、ハナコさん僕の話聞いてましたー？　この如何《いか》にもヤクザっぽい人は牧師じゃないし、そもそも僕は告白を承諾していませんからね？」

「そっ、そんな酷《ひど》いですっ！　私達《たち》、あんなに愛し合ったではないですか！」

「殺し合ったんですけど？？？」

　というかキミ性格変わってない？　好きな人の前ではバカになるタイプなのかな？

　ハナコはぶーぶーとワザとらしく口に出し不満を訴えてくるが、ともあれ僕はボスに対し「僕だってこの通り困っているんですよ」と目で合図する。

「はぁ……だったら証拠を見せてみろ」

　ボスは一連のやりとりで分かってくれたのか、あるいは起こされて単純に不機嫌なのか投げやりに返事をした。

「証拠って？」

「だから死なねぇ証拠だろ。ああ、出来ねぇなんて言わせねぇぞ？　ここを汚さん方法で、今すぐその魔女を自称するバカ女を殺してみせろ」

　その血走った眼《め》からして、ボスはいい加減、憤りを隠し切れないようだ。

　これ以上は話が進みそうにもないし、ここでのらりくらり茶化《ちゃか》しでもすれば僕の方が殺されかねない。言う通りにするのが最善だろう。

　了解っすと短く返事をして、僕はハナコへと向き直った。

「というわけで今から殺すけど。あー、何かご要望とかあったりします？」

「んーっと、それなら絞殺が良いですね！　あれ、けっこう気持ち良いらしいので」

「……そっかぁ」

もはや何も言うまい。目を閉じ顎を上げた少女に対し、僕はソファーに腰を落ち着けたままその細い首に手を掛けた。

絞殺は気道を強制的に塞ぎ、脳への酸素供給を断つことで死に至る。

とりわけ今回のように抵抗をされないのであれば、所要時間はおおよそ一分弱。

「あっ、ガッ……！　これっ……やばっ、気持ち……かひゅっ……！」

よだれと涙を流し、少女は恍惚《こうこつ》とした表情のまま痙攣《けいれん》する。

それでも構わず絞め続ければ、最後にびくんっと全身を波打つように動かし、ソファーの上へ力なく崩れ落ちた。

わざわざ死を確認する必要はないだろう。白い首に残る青黒い手形や、美しい顔とは対極に位置する死に顔から、彼女が絶命しているのは見て取れる。

と、思ったが。ボスは静かに立ち上がり、疑《うたぐ》り深《ぶか》くハナコの喉元に指を添わせた。

「――――まじで死んでんな、これ……」

「ははー、そりゃあ完膚なきまでに殺しましたからね～！」

「……笑顔で言うんじゃねぇよバカが」

ボスは不快を覚えたように呟《つぶや》くと、それっきり黙りこくってしまう。

眉間に深い皺《しわ》を刻み見下ろす様子から、もしかするとどう死体を片付けるか考えているのかもしれない。が、もちろんそんな心配は必要ないわけで。

壁に掛かった時計が時を刻むにつれ、首に刻まれた手形は薄まっていき――

「ん～～～～～……っと！　あ、どうも。おはようございます？」

たった十数秒。死ぬまでに要した時間よりもずっと早く、ハナコはたっぷり半日寝た朝みたいな伸びで起き上がった。

何度見ても相変わらず脳が理解を拒む、思わず逃げ出したくなるような光景だが……。まあともあれ、これで彼女が死なない事は無事証明できたかな。

「はあ、信じるしかねぇな……クソ」

ボスは諦めたように言うと、窓際のデスクチェアに深く腰を下ろした。

言葉の通り疑いは晴れたようだが、直《す》ぐにコーヒーでのどを潤したのを見るに、案外目には分からぬ動揺を抱えているのかもしれない。

「あっさりと信じるんすねぇ。ボス、オカルトとか嫌いじゃなかったでしたっけ？」

「そりゃあ大嫌いだが。年を取ると物覚えは悪くなるが、物分かりの方は良くなるものなんだよ」

「……ふうん？　なんか年寄りくさいっすねー」

「うるせぇ、これは人生経験が豊富って言うんだよ。そもそも都市伝説がぽんぽんと生まれるような裏社会に長くいりゃ、非科学的な事の一つや二つ経験しているものだし……。

どうせあれだろ、そこの魔女さんはドラム缶に詰めて海に沈めようが無意味なんだろ？」

「あ、そうですねー。私はこの部屋に落ちている髪の毛一本からでも復活できるので、私と死神さんは如何様《いかよう》にも引き離せないのですっ！」

平然と、笑顔で怖いことを言うハナコだった。

本当にそんなことは可能なのかと一瞬疑問が頭を過《よぎ》ったが、思い返してみれば心当たりがなくもない。荊棘《けいきょく》の枷《かせ》〈アンカー・バレット〉に拘束されていた彼女が舌を噛《か》み切った後、瞬間移動するみたいに背後の血だまりから再生したのがまさしくそれだった。

……とはいえ、その発言には一つ補足が必要だろう。

これは目覚めて暫《しばら》く経《た》ったあとに聞いた話だが、彼女から分かれたモノというのは時間にして六十分程度で消えてしまうものらしい。実際その事を聞かされた時には、僕の衣服にこびり付いていた鮮血や周囲に転がっていた手足は跡形もなく消失していた。

まるで世界が彼女の存在を拒絶するように――残り香すら完璧に。

ほんと、まったく付け入るスキがないほどの不死身とか、こうして会話をしているのが奇跡みたいなものだよね……。

それこそ好意を持たれていなければ、僕は既にこの世にいないのだろうし。

「ったく……こんなクソガキのどこに惚《ほ》れたんだよ？」

と、どうやらボスも似たようなことを考えたようで、半ば嘆くように問うた。

クソは余計だが、その理由は僕も気になっていたところなので大人しく返答を待つ。

するとハナコはその場で立ち上がり、わざとらしく胸の前に両手を重ねてみせた。

「それはこう、胸にズキューンと矢が刺さったと言いますか！」

「……矢っていうか、弾丸だったと思うよー？　こう、バキューンってね」

「そのとき胸がドクドクときめきまして！」

「ただの出血多量じゃないかなぁ？　そりゃもう、死んじゃうくらい出ていたし」

「そう！　つまり命を落とし恋にも落ちたわけですよ！」

「うん、全然うまくないよー？」

そのブラックジョークは当人からすれば笑えないんだよね……。

「……まじでベタ惚れじゃあねぇか」

「あっはは一、モテる男はつらいっすね一？」

ボスの呆《あき》れ声に他人事《ひとごと》のように笑ってみたが、実際のところ笑えない状況だった。

死を克服すると、恋愛観がここまで破綻しちゃうものなのだろうか？　殺されて惚れるだなんて創作の世界でも前代未聞。ぶっちゃけその在り方は怖いよ。

僕は目に見える地雷に恐怖するあまり、隣に座わられ「んふー」とご満悦に腕を組まれてもされるがままだ。

さながら借りてきた猫……。いや、大蛇に身体《からだ》を巻かれている気分だね。

「とにかく死なねぇのは分かった。だがなぁ女。死なねぇからって、じゃあはいそうですかってのはコッチの面子《メンツ》が立たねぇんだ。ああ、言っとくがこれはただ金を返せって話じゃねぇぞ？　人様に迷惑をかけたならそれ相応の誠意を見せろってことだ」

「誠意、ですか。えーっと、では服を脱いで土下座すれば許して頂けますか？」

「……謝ったくらいじゃあ足りねぇよ。いいか、俺は誠意ある清算をしろと言ったんだ。タマでもねぇ、金でもねぇ、お前に残っているのは何だ？」

「えと、それはつまり……身体《からだ》で払え、と……？」

「まぁ端的に言えばな。お前は見てくれは悪くねぇから風呂かビデオか好きな方を選べ。盗んだ金ぶん稼いだら許してやる」

ボスはサングラスをズラすと、獅子《しし》のような瞳孔で凄《すご》み、唸《うな》るような低声で断言した。

が、僕の知る限り現在ボスはそういった業種には手を出していないはずだ。

取り締まりの強化により、ちょうど僕を拾う寸前に風呂屋からメイド喫茶へ鞍替《くらが》えした背景がある以上、伝手《つて》を利用し海外や地方に売り払おうという魂胆だろうか。それこそ臭いものには蓋をするように。素性の知れない厄介者は目の届かぬ所へ、みたいな？

まあ僕としては、物理的に彼女との距離が離れるならその方が好ましいけれど……。

「それは困りましたね」

案の定、ハナコは難色を示した。

僕の腕を名残惜しそうに離すと、自身の襟を正し懇願するようにボスを見上げる。

「ほかに方法はありませんか？　私の身体は既に死神さんのものなのです！」

「……いやいや、勝手に僕のにしないでよね。キミの身体は、キミ自身のものだからね？」

「そ、そんな無責任ですよっ！　昨夜私に酷いことしたじゃないですかぁ！」

「したけども……！　その言い方にはちょっと語弊があるってもんだよっ！」

「血がいっぱい出たのですから責任取ってくださいよっ！」

「だから言い方ぁああ！　キミ、さっきから下ネタで押し切ろうとしてない⁉」

「そ……そんなわけないじゃないですかー！　私はいたって真面目《まじめ》に話をしていますよ！　それにほら、考えてもみてくださいよ死神さん。私って結構、優良物件じゃないですか？　炊事洗濯は人並にできますし、容姿だって褒めて頂けることが多いんです。実は死なないだけじゃなく不老だったりもするのでずっと綺麗《きれい》なままですし、気に入らないことがあればいつでも殺してくれて構いませんし、なにより尽くしますし、死神さんを傷付ける人は地獄の果てまで追いかけて報いを受けさせますし――ね、最高な女ですよ？」

「それはサイコって言うんだよォ！」

仮にそのプロポーズで是非《ぜひ》にと了承する男がいたとすればそいつも同類だよ！

……まあとはいえ、ここまで溺愛され言い寄られるのは悪い気はしない。

美人の得というか、潤ませた瞳で見上げ懇願されれば多少なりとも心が揺らいでしまう。

「あのぉボス？　決して庇《かば》う訳じゃないんですけど、この際、普通の肉体労働でも良いんじゃないですか？　ほら、常人には危険な仕事だってあるじゃないっすか」

「ほぉ？」

と、ボスは僕の言葉に腕を組み何やら思考を巡らし始めた。

客観的に見ても僕の発言は完全に絆《ほだ》されていたし、間に合わせの思い付きの提案だったのだが……。意外にも一考の余地はあったようだ。

考えてみれば確かに、マグロ漁師、炭鉱夫、原発作業員、治験モニターなどなど。

危険な仕事と言われ直《す》ぐに具体例を上げられるくらいには、命を金に換えるハイリスクな仕事は世に溢《あふ》れている。仮に死なないのであれば一番のネックである健康的被害は度外視することができるのだ。

「あ、それでしたら殺し屋が良いですね～」

良い提案に我ながら感心していると、ふと隣からそんな声が上がった。

どういうつもりかと目を向けてみれば、ハナコはちいさく手を上げ笑みを浮かべている。

「殺し屋だァ？　テメェ簡単に言うが、そんな細腕で人を殺したことあんのかよ？」

「ええ、それでしたら何度か。直接的にも、間接的にも」

「はっ……そうかい。いや、お前は金を平気で盗み出すような奴《やつ》だ。そんなの訊《き》くまでも無かったたな。つーかなんだ、魔女は魔女らしく魔法でも使えるってか？」

「……？　いえ、魔法はちょっと無理ですね。私はそういった契約はしていないので」

契約、と。

そんな繋《つな》がりのない答えに、僕とボスは顔を顰《しか》めた……が。

そういえば昨夜、彼女はそんなことを言っていたか。もともとは僕と変わらない限りある命だったが、ある日〝悪魔と取引をし後天的に不死になった〟と。

「魔女というのは、いわゆる〝魔法使い〟というのとは別物なのですよ。前者は言葉の通り魔法を使える者ですが、魔女というのは悪魔と取引をした者の呼び名になります。なので女と付いていますが、この場合、少年でも少女でも男性でも皆〝魔女〟になります」

「…………」

そう言えば昔、名前も思い出せない歴史教師から似た話を聞いた覚えがある。

そもそも『魔女』という概念が生まれたのは中世ヨーロッパでのことで。英語では『witch』と書くそれを日本では『魔女』と訳しているが、実はそれは間違った解釈なのだとか。

正しく訳すと『悪魔信仰者』や『悪魔の眷属《けんぞく》』というのが近いらしく、その本質的には『異端』の意味合いが濃かったらしい。

実際に中世で行われたとされる忌むべき行いの中に『魔女狩り』というのがあるけれど、魔女として処刑された者の中には男も多くいたとかなんとか。

「……つまりなんだ。お前は願ったわけか、不死になりたいと？」

「いえ、結果的にそうなった感じですねー。悪魔との取引は等価交換なので、私の願いと私が差し出せるモノの中で釣り合いをとり、そうして合致したのが『不死』だったというだけみたいです」

……自身の過去の事なのに、誰かに訊《き》いた風に言うんだな。

いったい何を差し出せば不死など得られるのか想像もできないが、その言い方からして、たぶんあまり触れられたくない話題なのだろう。

ハナコはやはりはぐらかすように、それとですねと続けた。

「絶対に死なないってことは絶対に負けないってことなんですよ。ね、死神さん？」

「……ん、そうかもね」

都市伝説にまでなった僕の異名は、そのまま僕の戦歴を表している。

必ず殺すから《死神》と呼ばれるようになった——にもかかわらず、彼女は今日、そんな僕に初となる黒星をつけたのだ。

身をもって知っているとなれば頷《うなず》くしかなく、ハナコは満足げに手を合わせた。

「はい！　というわけで優秀な殺し屋さんと戦えるのですから、私にも殺し屋の才能があると言えませんか？」

「……それとこれとは話が違《ちげ》ぇだろ。確かにお前はユズを負かしたかもしれねぇが、同じ土俵では戦ってねぇ。絶対に死なねぇなんて反則技で押し切っただけだ」

確かに、殺すことに特化した僕からすれば彼女はまさに天敵みたいなものだろう。

初めから捕縛する事だけを考えていれば状況は違ったのだろうが、そんなものはタラレバというもの。負けは負け、そこに関しては揺るがない事実だ。

「むう……。では、私は殺し屋に向いていないとおっしゃるのですか？」

「んなこたぁ俺が知るかよ。結局のところは、俺の命令で人を殺し続ける覚悟があるのかどうかかっつう話だ」

「……ボスさんの命令で？」

「ああ、例えばお前の死なねぇ特技を生かすとして。俺が〝爆弾抱えてヤクザの組一つ潰して来い〟って言ったらそれを実行しなくちゃならねぇ。それがお前の友人でも、恩人でも、恋人でも、家族でも関係ねぇ。泣いて拒否しようがぜってぇに許されねぇ。お前が足を踏み入れようとしているのはそういう世界だ。分かったか？」

「…………」

そんな問いに、僕は思わず笑みを溢《こぼ》さずにはいられなかった。

声も顔もあの時と同じだ……。五年前のあの日、ボスは全く同じことを口にして、役に立つ保証なんて限りなく低い僕を抱え込んだのだ。

ボスは裏社会に身を置いているのが謎なくらい他人に甘いから、あとは彼女が頷きさえすれば今日から組織へ仲間入りだろう。

仕方ない。ボスが決めたのならば、同じ厄介者同士せいぜい上手《うま》くやるとしよう。

「えーっと、爆弾抱えて行けば良いんですか？　はい、了解いたしました～！　それでは山田《やまだ》ハナコ、その初任務を遂行してまいります！」

「……うん？」

腕を組み感傷に浸っていると、ハナコは突然立ち上がり事務所の外へと駆けていく。

んん……？　ちょっと待てよ、今ハナコはなんて言った？

任務を遂行？　爆弾を抱えていく……？

「あのぉボス？」

「ああ……」

僕とボスはしばらく彼女の消えたあとを眺めて、それから遅れて状況を理解した。

「すまねぇ、ユズ。早急にあの、頭のイカれた女を連れ戻してきてくれ」

「……了解っす」

激しい頭痛を覚えながら僕は消えた少女のあとを追う。

階段を降り、外へと出て――。途端《とたん》に目が眩《くら》んだかと思えば、空には青々とした晴天が広がっていた。

僕がハナコを発見し、その後頭部を蹴り飛ばすのはそれから五分後のことである。

03

間奏曲 〜interlude〜 ユズリハ

「よおチビ。なんだ辛気臭《しんきくさ》い顔して、何か嫌な事でもあったのか？」

オレンジ色の夕日が射《さ》し込む部屋。

電気も点《つ》けずミノムシのように布団に包《くる》まり泣いていると、酒臭い父さんはからかうようにそう言った。

相変わらずなんて空気の読めない人なのだろう……。

のらりくらりと能天気に生きる彼には、きっと僕の気持ちなんて理解出来っこない。

だから無視をした。

「あー、なんだ……。学校でイジメられたのか？」

——驚いた。

まだなにも言っていないのに、まさか言い当てられてしまうとは。

「どうして分かったって？　そりゃお子様の悩みなんて喧嘩《けんか》かイジメか、好きな子くらいしかないだろうさ。で、どうしてイジメられたんだ。チビは、友だち多かったろ？」

名前が、女みたいだって馬鹿にされたんだ……。

どうして父さんは、僕にこんな名前を付けたんだよ？

「そんなもん知らん。名付けたのはお前の母さんだからな、それは母さんに訊《き》け」

母さんにって……。

死んだ人間は、なにも言ってはくれないじゃないか。

「そうか。いや、そうだな……。じゃあ仕方ないから、おじさんが考えてやる」

考えるってなんだよ、テキトーなこと言うな！

「はぁー？　だってチビは答えが欲しいいんだろ？　そんなもん誰も知らないいんだから、だったら理由を作るしかないだろうが」

父さんはそう言うと、僕の隣に腰掛け唸《うな》るように腕を組んだ。

うーん、うーんと、それから五分ほど悩んで。

僕の涙がすっかり止まった頃、父さんはよしと手を打った。

「お前が産まれた日は十年に一度の嵐でな。電柱は折れ、川は氾濫し、瓦どころか家が倒壊するわでそりゃあもう酷《ひど》い有様だったんだ。そんな中、病院の庭に生えるユズリハの樹《き》だけは折れずに残っていたんだよ。母さんはそれを見て、我が子にはこの樹のようにどんな困難にも負けない強い人間になって欲しいと思い、お前にユズリハと名付けたんだ」

そりゃ、もっともらしい立派な理由だけどさ……。

けれどそれは、父さんがたった今考えたんでしょ？

「それがどうしたよ。理由が先だろうが後だろうが、名前の価値が変わりはしないんだよ。

結局は気持ちの問題だ。チビは女みたいな名前だって言われて嫌だったかもしれんが、母さんが一生懸命考え残してくれた名前が嫌いなわけじゃないんだろ？」

……うん。

僕は、大切な名前を馬鹿にされたのが悔しかったんだ。

「だったらいつまでもそんな風にメソメソしてないで、さっさとデカく強くなるんだよ。あの日、嵐に負けなかったユズリハの樹のようにな！」

あの日って、どの日だよ……。

ほんと、テキトーだな。

04 夜想曲 ~nocturne~ 例えばそれは、歩み続ける為の話

1

たとえ話を鵜呑《うの》みにしたハナコを捕獲したのは、僕がメイド喫茶から飛び出してから五分が経過してからの事だった。

ガスボンベとライターを手にとある雑居ビルへ侵入を試みているところを、後頭部を蹴り飛ばし気絶させ——それから事務所へと連れ帰り、協議の結果「手綱を握っている方がマシだな」と、なしくずし的に彼女を殺し屋として雇い入れる結論に至った。

これにて一件落着……とは中々いかず。

何故《なぜ》かその後に僕が〝バディ〟という名の監視役に任命されたり、彼女の住居を喫茶店の居住スペースにするか僕の家にするかでひと悶着《もんちゃく》があった。

差し迫る登校時間に結論は一時保留となったが、僕としては断固拒否する所存だ。

そんなこんなで時刻は八時二十分。

まともな休息をとれぬまま朝の教室へとたどり着いた僕は現在、心身ともに疲労困憊《ひろうこんぱい》。

席に着くや否や、頬《ほお》で机の冷たさを堪能《たんのう》しているのであった。

「ふぁああ……」

僕の口からはもう何度目か分からない欠伸《あくび》が漏れる。

完全な睡眠不足だ。このまま脱力すれば、きっと十秒とかからずに眠りに落ちるだろう。

僕は眠気覚ましに、ふと首だけを動かして視線を右へと向けてみる。

すると教室には、僕と同じように机に突っ伏す者、すでに一時限目の準備を終える者、友人と談笑をする者――と。

それから丁度、教室に入って来た女子生徒が一人。

「おっはよー、緋野《ひの》くーん！　いやあ今日も晴天、良い一日だねー！」

首の後ろで束ねた長髪は、我らが委員長・柊《ひいらぎ》トモリだった。

委員長は視線がかち合うと手を上げ、トテトテと僕のもとまで小走りでやって来る。

「ああ、委員長か……。やほやほ、今日も可愛《かわい》いね。あ、髪切った？」

「えっ……なにその投げやりな返事？　別に可愛くも髪を切ってもない、というか今日の緋野くんはメランコリックさんだね」

「んー？　元気百倍マンだって顔が濡《ぬ》れたらダメダメになるんだから、そりゃあ僕だってやる気の無い日ぐらいあるさ」

「そっかそっかー。それじゃあ早く新しい顔を焼かないとだね？」

「おー？　このイカした顔がアンパンに見えるってのかこんにゃろ～」

ローテンションなツッコミに、委員長は持ち前のタレ目を更に下げくすくす笑った。

可愛《かわい》い、と褒めたのは何も社交辞令ではない。あまり目立つタイプではないけれど、その柔らかい笑顔は親しみやすく見ているだけで癒《いや》されるのだ。

心のヒットポイントが増えていくというか、ＲＰＧでいえば彼女は心優しき僧侶かな。

僕の悩みの種である魔女とは大違いだね！

と、そんなちょっとした会話のおかげでどうにか上体を起こせるまでには回復したため僕は背筋を伸ばし、けれども全快ではなかったためそのまま机に頬杖《ほおづえ》をついた。

「というか、そういう委員長はなんか機嫌良いね？」

「えー、わっかるー？　実はですね～、これですよこれ～！」

じゃじゃーん、と。

当てられたことが妙に嬉《うれ》しそうにはにかみながら、委員長は鞄《かばん》より長方形のカード束を取り出した。それはいわゆるタロットカードと言われるものであり、カードの材質から束ねている紐《ひも》まで、どことなく高級品の匂いが漂っている。

「……どうしたのそれ？」

「うん！　実は昨日、パパに買ってもらったんだ〜。どう、すごいでしょー？」

言いながらご機嫌よく見せびらかす姿に、僕はなるほどと合点がいった。

話に聞くに例の親バカな警察官はそれなりの重役であるらしく、こう見えて委員長は、そこそこのお嬢様だったりする。

住居は芸能人や富裕層が多く住む『ナノハ第六地区』であり、学校のある第五地区へは電車で一時間も掛けて来ているのだとか。

「それじゃあ正解したご褒美に！　緋野《ひの》くんには特別に、このカードで占いを受ける権利を与えよう」

委員長は前の席から椅子を拝借すると、僕の返事を待たずに対面へと腰掛けた。

特別になんて口にしつつも、その妙なノリの良さは彼女自身が早く新しい道具を使いたいだけな気がする。

「さあさあ、緋野くんは何が聞きたいのかなー？　もう少しでホームルームだから簡単なものになっちゃうけど、なんだって構わないよ！」

「へえ、なんでも？　それじゃあ委員長のスリーサイズでも――」

「あははー、緋野くーん？　わたしのパパが警察官だって忘れちゃったのかなぁ？」

「……もちろん冗談デスヨ？」

国家権力を盾にされては僕の負けだ。

とても良い笑顔で怒られてしまったので謝罪をし、今度は真面目《まじめ》に考えてみる。

とはいっても恋愛や学業は特別占ってもらうほどのことではないし、絶賛悩みの種であるハナコについては説明のしようがない。

となればあとは一つ、僕に残されたのは〝それ〟しかない。

「じゃあ、僕の目的が達成されるのかについて占ってもらえるかな？」

「……目的？　えと、夢じゃなくって？」

うん、と僕は即座に肯定した。

父さんとの日常を奪った《亡霊》に、報いを受けさせる――。

僕はそれを、夢なんて曖昧な言葉で終わらせるつもりはない。この目的を達成できるならどんな犠牲も厭《いと》わないつもりだ。

「あまり詳細は話せないんだけど、駄目かな？」

「ううん、そんなことないよ。目的、ね……。了解、じゃあ始めるよー」

委員長は目を瞑《つぶ》ると「目的、目的、目的」と繰り返し呟《つぶや》き、裏返したタロットカードを無造作に掻《か》き混ぜ始めた。

机の上で行われるそれを観察すること暫《しばら》く。

カッと目が開かれるとともに慣れた手捌《てさば》きでカードは纏《まと》められ、山札から三枚のカードが横一列に伏せられる。

「いまこの場には、緋野《ひの》くんの『過去』『現在』『未来』があります。『過去』から順に視《み》ることにより、正しい『未来』の解釈を行いたいと思います。よろしいですか？」

「あ、うん……。よ、よろしくお願いします？」

口上とともに、委員長の顔つきは真剣なものになった。

ただのお遊びのつもりであったはずなのに、まるで知らない誰かを前にしているかのような緊張感に、僕は一瞬のうちに飲み込まれた。

姿勢を正し返事をすると、委員長はまず初めに右側のカードを捲《めく》る。


「『過去』を暗示するカードは、No.XVI――『THE TOWER.』」


ザ・タワー……即《すなわ》ち『塔』か。

そんな名前の示す通り、カードには稲妻によって崩壊する塔が描かれている。

窓辺からは炎が上がり、人が身を投げたりと、見るからに不穏なカードだ。

「うーん。緋野くんがその目的を持つ切っ掛けになったのは、それまでの日常がガラリと変わってしまうような大きな事件が起きたからなんだね」

「あ、うん……」

正解を言い当てられたことに、思わず喉が鳴った。

当たったのは偶然かもしれないが、確かに全ては父さんが殺された日から始まったのだ。

仮に今も父さんが存命だったなら僕は復讐《ふくしゅう》など誓わず、人の醜さも知らず、普通の高校生として平穏な日常を送っていたに違いない。

「それじゃあ次にいくね？　切っ掛けとなった『過去』を踏まえた上での緋野《ひの》くんの『現在』は――No.XII『THE HANGED MAN.』。吊《つ》るされた男……だね」

「……？　吊るされた男？」

続けて捲《めく》られたカードの名に、僕は待ったをかけた。

カードの意味はちっとも分からないものの、描かれているのは髪を逆立てた男が腰に手を当て片足立ちする絵であり、どうも彼女の説明とは一致しない。

「あー、初見はやっぱりそう思うよね～？」

「……なんでそんな嬉《うれ》しそうなのさ？」

首を傾《かし》げる僕に、その反応を待っていたと言わんばかりのしたり顔が返って来た。

委員長はそのままカードを手に取ると、自身の顔の高さに掲げてみせてくれる。

「この絵は騙《だま》し絵《え》みたいなものでさ。ほら、こうして上下を逆さにすれば……ね？」

「うわ、ホントだ」

剽軽《ひょうきん》に片足立ちする男は――途端《とたん》に、片足を括《くく》り吊るされた男に。

反転させることにより、イラストから受ける印象はまったく正反対に変化した。

「こんな遊び心があるなんて、このカードってなんか面白いね？」

「あ、気に入った？　んー、でもコレ、あまり良い意味のカードじゃないんだよね……」

カードをもとの場所へと戻すと、委員長は歯切れが悪そうに呟《つぶや》いた。

曰《いわ》く――その姿が暗示するのは『試練』と『忍耐』だという。

意味の解釈としては、目的達成までの過程があまりうまくいっておらず、今はただ、描かれた男のようにひたすら耐えるしかないのだ――と。

「………」

そんな彼女の見通しは、またしても正解だった。

都市伝説になるほどの力を付けても、《亡霊》に関する新たな情報は何一つとして掴《つか》めていない。日々募る焦燥感には、もしかするとこのまま復讐は叶《かな》わないのではないかと眠れぬ夜も多くなってきた。

「じゃあ最後に『未来』を視《み》るけれど……緋野くん、大丈夫？」

二度あることは三度ある。

予想を超える的中率に、もし『未来』の結果が悪いものであったならと、そんな不安が顔に出てしまったようだ。

心配そうに見上げる委員長に、僕は素早く笑みを作る。

「うん、問題ないよ。いやぁ結果が楽しみだねー」

「そ、そう……？　じゃあ、いくね？」

やや不信感を残しつつも、委員長は最後のカードに手をかけた。

摘《つま》み、手首を回し、表に返す。

もう何度も見ているのに、たったそれだけの動作が何倍にも感じられ……。

そうして僕の『未来』は、死刑宣告を言い渡される被告人のように、カードによって示唆される。

No.XIII──『DEATH.』。

漆黒のローブを纏《まと》う骸《むくろ》が独り、荒野で血濡《ちぬ》れた大鎌を構えるそれは、
僕が最も良く知る──〝死神〟のカードであった。


「…………」

ああ、最悪だ……。

わざわざ確認するまでもなく、僕の未来は絶対的な破滅を暗示している。

こんな結果を見るくらいなら、占いなんてやめておけば「あ、良かった」……んだ？

「──え？」

心中とは真逆をいくような声に、僕はおずおずと目線を上げてみる。

すると声の発生源たる少女は当然、対面に腰掛ける柊《ひいらぎ》トモリなわけで。

委員長は不吉極まりない『死神』を前に、心から喜ぶような笑みを浮かべていた。

「そっか……。委員長って、人の不幸は蜜の味とか思っちゃう子だったんだね」

「え？　ちょ、ちょっとまって！　な、なんで急にわたし悲しそうな眼《め》でみられてるの!? まってまって、勝手にガッカリしないでぇ！　それきっと勘違いだから！」

机に顔をつっぷし分かりやすく落胆してみせると、委員長は僕の腕を掴《つか》んでグラグラと揺すり涙声で抗議してくる。

「た、確かにこのカードは一見悪そうだけど、これは逆位置だから大丈夫なんだってば！」

「……逆位置？」

聞き慣れない言葉に前を向くと、委員長は説明を忘れていたんだけど、と続けた。

なんでも『吊《つ》るされた男』が二つの顔を持つように、大アルカナと呼称された二十二種には、向きによって意味が変化する特性があるのだと言う。

たとえば『塔』は、壊滅から崩壊に。『吊るされた男』は、試練から停滞に。

そして問題の『死神』は、終焉《しゅうえん》から——再生に。

「……再生？」

そんな説明を聞き、僕は改めて場面に目を向けてみる。

過去・現在・未来を占う側から参照した場合、『塔』と『吊るされた男』のカードは正位置に。

『死神』のカードは彼女の言う通り、再生を意味する逆位置を示していた。

「えと、ということは……これ、そんなに悪くなかったり？」

「いや、むしろかなり良いよ！　流石《さすが》に考えられる限りの最善とまではいかないけれど、それでも絶えず歩みを止《と》めなければ緋野《ひの》くんの目的は達成できるってことだよ！」

占いなんてのは所詮、気休めだ。

結果には何の保証も無く、これで未来が確定された訳ではない。

「……そっかぁ」

でも、それを自分のことのように喜んでくれる少女を前にしていれば話は別だった。

やっぱり、柊《ひいらぎ》トモリという少女は僕にとって癒《いや》しなのだろう。先程まで抱えていた未来への不安や心のつっかえが、今は少しだけ和らいだような気がする。

ああ、本当に委員長はいい子だよなぁ。優しくて、可愛《かわい》くて、できることなら――

「こんな子と結婚できたら良いのに……」

「え？」

「――あ」

やべ、うっかり口に出ていたか。

僕は咄嗟《とっさ》に口を覆い隠したが、しかしそれは悪手だったかもしれない。

対面に座る委員長の顔は、それで意味を理解したようにみるみる赤くなっていき、

「だ、だからそういうのは気安く言っちゃダメなんだよ！　ばかぁ！」

と。昨日の放課後と同様に叫び、慌ててカードを束ねて自分の席へと逃げていく。

そんな姿は普通の女の子というか……。

直近で知り合った異性が『外見以外に致命的なバグが存在する魔女』と、色物だったばかりにその素朴さが際立っている。

「ほんと、委員長は可愛《かわい》いなぁ……」

わさわさと左右に揺れる毛束を見送りながらひとり呟《つぶや》き、そうして僕は、心地よい微睡《まどろ》みに身を委ねた。

2

元気百倍ユズリハくん！

机に突っ伏したっぷり六時間。まるまる一日分の授業を寝て過ごし英気を養った僕は、今朝ぶりに仕事場であるメイド喫茶『あんこキャット』へと戻って来た。

昨日と違うのは、本日が営業日であるため店の前に長蛇の列ができている点であろう。僕はその中の顔馴染《かおなじ》みに挨拶をしつつ横を通り抜け、微妙に幅の狭い階段を登り、カランコロンとモダンな扉の鐘を響かせた。

「はろー、ぐっもーにーんぐ。ユズリハくんがやってきましたよー……と？」

外が外なら内も内で、平日の昼過ぎだというの三十ある席は全てが埋まり店内は賑《にぎ》わいをみせている。そんな光景はいつも通りの大盛況であったのだが、今日の客の関心はどうしてか一人のメイドへと集まっていた。

「……なんだぁ？」

野次馬《やじうま》のように覗《のぞ》き込《こ》んでみれば、そのメイドは金髪、碧眼《へきがん》、ミニスカメイド服、猫耳ブリム、ニーソ、絶対領域、と胸焼けしそうなくらい萌《も》え記号をあしらっている美少女で。

強い既視感に暫《しばら》く見つめていれば、そのメイドはふっと気付いたように顔をあげた。

「あっ、死神さ……じゃなかった。おかえりなさいませぇご主人様ぁ～？」

「いや何してんのキミ」

僕の姿を見るや否やそのメイド――山田《やまだ》ハナコは猫なで声を発しながら駆け寄って、唖《あ》然《ぜん》とする僕を招き猫のポーズであざとく見上げてきた。

「何ってメイドですよ？　ご注文は私ぃ、山田でぇ宜《よろ》しかったでしょうかニャア～？」

「宜しいわけないでしょうよ」

ここはそういう店じゃないし、経営元が経営元なだけに発言には気を付けて欲しい。
というかメイドなのは見ればわかるし、僕はなぜこの店で働いているのかを問うているのだ。

「ああ、そっちですか。それはですねー、ご主人様が学校へ行っている間することが無くつまらないなぁと思っていたら、従業員の皆さんが出勤してきたわけですよ。で、何故《なぜ》か新人のメイドと勘違いされまして。あれよあれよという間にメイドとして体験入店することになったんですよね〜。あ、もちろんボスさんも快く頷《うなず》いてくれましたよ？」

「…………」

いいや、ダウトだね。

うちのお姉様方《メイドたち》は良くも悪くも新しい事と楽しい事が好きなので、当然こんな綺麗《きれい》な着せ替え人形《おもちゃ》を放っておく訳がない。

彼女の手の付けられなさを知っているボスは、きっと面倒事を起こすと危ぶみ一度は拒否したものの、状況を知らないメイドたちに押し切られ、なし崩し的に認めさせられたとかそんなところだろう。

目頭を押さえ溜息《ためいき》を吐《つ》くボスの姿が目に浮かぶようだった。

「それでご主人様、いかがでしょうか？」

「ん、いかがって？」

訳がわからず聞き返すと、ハナコはその場でくるっと踊るように回って見せた。

風に靡《なび》きふわりと広がりを見せた給仕服は黒と白を基調としたものであるが、正統派なデザインとは言い難く……。大きく開いた胸元に、短いスカートと、これがたいへん目のやり場に困る挑戦的なものである。

と、僕は恰好《かっこう》について注視してみたが、彼女が訊《き》いているのはそんな服が似合うかどうかであろう。

結論。

「まあ、悪くないんじゃないかな」

ぶっちゃけ僕が今まで目にしてきたメイドの誰よりも可憐《かれん》だったが、それを伝えると調子に乗りそうだなぁと誉《ほ》め言葉は控えめにしておいた。

が、そんな発言は裏目に出たようで……。

仮に僕が同性であったなら嫉妬心すら湧き起こらない美少女は、なぜか自身の豊満な胸を揉《も》みしだき始めた。

「むぅ、大きさは十分なハズなんですけどー……」

「ちょ！　な、なにを……！」

突如見せつけられる官能的な光景に声を上ずらせると、それはまたしても失策だったようだ。ハナコは何か面白いものを見つけたようにニヤニヤと笑い、二の腕で胸を強調しながらじりじりとにじり寄って来た。

「おやおや、まさか照れていらっしゃるんですかぁ～？　ほらほら～、おっぱいですよー？」

「べ、べべ別に照れてなんかないですけどぉー!?　婦女として、その行いはどうなのかなって話であって！　あ、こら、やめなさい！　他にお客さんが居るんだから、せめて時と場所を考えてよ！」

「時と場所ぉ？　あー……そういえば昨夜、ご主人様が私の胸を揉《も》んだのは薄暗く人けのない場所でしたね！　すっかり忘れていました～！」

「ば――！」

な、なな、なんてことを言うんだこの娘はぁあああ!?

確かに間違っちゃいない！　間違っちゃいないけれど……！

今ここでその発言はまずい。ああくそ、なんとかしてごまかさないと――！

「あ、あっははー！　いやぁ面白い冗談だね！　うん、お客さんに誤解させちゃだめだし、ちょっと向こうに行こうかー？」

「えっ、な、なんですか？　急に腕を掴《つか》んでどこへ連れて行こうと――はっ！　も、もしや昨夜の感触を思い出してその気になってしまったんですか!?　こんな真昼間からだなんて……！　あー、いけませんいけません！　いえ、どうしてもというなら私としてもやぶさかではなく！　ただちょっと、急すぎて心の準備ができていなかっただけで！」

「だからそうじゃないって、言ってるでしょうがぁ！」

ペラペラとお喋《しゃべ》りな口を強制的に塞ぎ、僕は事務所へと急ぐ。

腕の中でなぜか恍惚《こうこつ》とした表情をし始めたハナコを引きずり、そうやってスタッフエリアへと逃げ込めば、

「あ、あのぉ……。こ、ここってお触りしても良いんでござるか？」

「ふふっ、駄目ですよぉ～？」

背後から聞こえたメイドの声は、なにか新しい玩具《おもちゃ》をみつけた子供のように弾んでいた。


「……おう、来たか」

蹴るように事務所の戸を開くと、ヤニの匂いと共にソファーに腰掛けるボスが出迎えた。

確か少し前に「今回こそはマジで禁煙する。俺の前で吸った奴《やつ》は殺すからな」と言っていたハズだが、どうも一連の出来事から解禁してしまったらしい。

僕は学校へ避難することで一時的にハナコの存在を忘れられたが、ボスは逃げる口実も場所もなく……。

灰皿に山のように盛られた吸い殻や、心なしか今朝よりも濃くなった隈《くま》からその苦労が

見て取れて、流石《さすが》に茶化《ちゃか》すような真似《まね》は慎んだ。

「お疲れ様っす。あー、お仕事、入っていますよね？」

「ああ、山田《やまだ》の研修もかねて今回は二人で行ってもらう」

「……そっすか」

僕は半ば諦めぎみに返事をする。

本音は嫌でも、今の彼を見てうだうだとは言ってはいられない。

ボスがズズズとマグの中身を飲みながらデスクチェアに座ったのを確認し、僕も定位置となっているソファーに腰を下した。

するとハナコは、他が空いているのにもかかわらず僕の隣にピタリと座ってくる。

責めるように目を細めれば今度はウインクが返って来た。

いや、なんのアイコンタクトだよ。

「上からの依頼だ」

ほとほと呆《あき》れていると、僕たちの前へファイルが投げられる。

その短い文言で僕は理解できたが、ハナコは「上？」と碧《あお》い瞳をぱちくりとさせた。

「それって上司の事ですか？　あれあれ、でもボスさんはボスなので一番偉いはずでは？」

「んや、上ってのは『お上』の事だよ」

ハナコは名目上、僕のバディということになっている。つまるところ教育担当を兼任するため、ボスの代わりに丁寧に答えてあげた。

お上――即《すなわ》ち政府。

前提として、僕達《たち》が活動拠点とするナノハ第五地区には、治安改善を目的とした政府主体の半ボランティア団体が存在する。

活動目的は、第五地区の治安改善。

活動内容は、夜間に行われるパトロール。

犯罪の多さからかつて『ナノハ一危険な街』と呼ばれた第五地区だったが、五年前より始まった政府の取り組により犯罪件数は軒並み激減。

逆に『ナノハ一平和な街』とまで言われるようになったのは有名な話だ。

「あー。そういえば街中で、ボランティアを呼びかけるポスターを見たような気がしますね。ですがそれとこれとで何か関係があるのですか？」

「関係があるもなにも、ズバリそれそのものだったりするんだよねぇ」

「……はい？」

頭にクエスチョンマークを浮かべるハナコに、僕は説明を続ける。

ボランティアに参加している者達を馬鹿にするわけではないけれど、パトロールで治安が改善されるなんてのは幻想だ。

景観をぶち壊すレベルで監視カメラを配置するならまだしも、パトロールのみではその場かぎりの抑制しか期待できない。罪を犯そうと考える者の絶対数が変動するわけではなく、結局そういう者たちは人目の無い場所を探し事を成すだけなのだ。

「でも実際に、第五地区は良い街になったんですよね？」と、ハナコは言う。

ここまで説明を聞けば確かにそう思うだろう。けれどそれは事実であり、真実ではない。

ここ数年で第五地区の犯罪件数が激減しているのは、政府による犯罪の隠蔽と、僕のような殺し屋が国からの依頼で犯罪者および予備軍を物理的に消しているからだ。

死刑すら問題視される昨今、そんな小学生でも思い付くような非人道的で実用的な施策は、当然のことながら表社会に明るみになることはない。

「綺麗《きれい》で素敵な街だなぁと思っていたのですが……。国というのは場所時代を問わず、中身はドロドロに腐敗しているのですねー」

うんうん、まるでどこかの魔女さんみたいにね。

とは口に出さず僕が苦笑で肯定を示すと、ハナコは机のファイルに目を落とした。

「で、ここに国からの依頼が書かれているわけですか」

簡素な説明だったけれど、きちんと理解できたようで何よりだね。

話に一段落付いたので僕もファイルに手を伸ばす。すると紙上には、以下のことが書き記されていた。

名前・笹壁《ささかべ》タケト（芸名、ジョージィ・ササカベ）。

性別・男。

年齢・二七歳。

国籍・日本。

特徴・痩せ型、元ピエロ、少女の首を絞め殺すことに性的興奮を覚える。

罪状・十三～十七の少女九名を殺害、拘置所へ移動中に移送車より逃亡。

制裁・奪命による死刑。


「女の敵ですね」

ふんふんと、横から覗《のぞ》き込《こ》んでいたハナコは鼻息を荒くした。

僕もその意見には同意する。少女を快楽の道具としか思っていないような行動には吐き気すら覚えるし、犠牲者を増やさないためにも今直《す》ぐにでも行動を起こした方が良さそうだ。

「……って、あれ？」

隅々まで目を通していて、一つ気になる事があった。

項目に空欄はなく一見必要事項が全て書かれているように思えたが、潜伏場所に関する場には『ナノハ第六地区』としか記されていないのだ。

記入ミス、って訳じゃあないよな……。

「あのボス、第六地区って言われても範囲が広すぎません？」

「あァ？　そりゃあ逃走中だからだろ。サツも血眼《ちまなこ》になって探しているんだろうが、奴《やっこ》さんの方が一枚上手《うわて》ってわけだ」

「はぁ、そりゃあ長期戦になりそうっすね」

この五年の間、ターゲットの中には今回のような殺人鬼も含まれていたが、まずはその足取りからとなると少々骨が折れる。

まあ仕事であるし長くなるのはこの際よいのだが、そんな話をしていたら新たに見逃せない懸念点が見つかった。

「というか、ハナコさんの研修も兼ねているにしては少し難しいんじゃないっすか？」

経験上、こういう任務の場合平均でも四～五日。酷《ひど》い時には二週間以上も時間を要したことがあったか。

とりわけ殺人鬼となれば戦闘も考えられ、最初の任務にしてはハードルが高い気がする。

「はあ？　むしろそいつは、これ以上はない誂《あつら》え向《む》きの殺しだろうが」

しかしボスは、意図を汲めない僕をあざけるように笑ってみせた。

「奴《やつ》の手に掛かったのは軒並みツラの良い女ばかりだからな」

「ふうん？　その心は」

「……なるほどね」

　つまりは撒き餌か。ハナコの美貌に関しては是非《ぜひ》を問う必要も無く、囮《おとり》のデメリットである命の危険も不死ならば無いのと同義。

　となれば、確かにこれはハナコの強みを最大限に生かせる仕事だろう。

「えっ、私の役目ってまさか殺されることなのですか？　死なないって言っても、痛いものは痛いのですよ？」

　僕の中では半ば引き受けるのが決定したが、しかし当の本人は不服そうに声をあげた。

「……別にそこまでは言ってねぇだろ」

　まとまりかけていた話に水をさされ、ボスはむっとハナコを睨《にら》み付《つ》ける。

「襲われても返り討ちにすれば済む話だし、最悪ユズがいる」

「え、僕ですかぁ？　当てにされても困るって言うか。効率を考えて、別行動しようかと考えていたんすけど……」

「えぇぇぇぇぇぇぇぇぇぇぇっ!?　そんな、どうして一緒じゃないんですかっ!?　せっかくのデートだってのに、そんなのあんまりですよ！」

「いやデートじゃないよ」

殺しだよ、仕事だよ。さては話を聞いていなかったな？

「……あのさ、分かってないみたいだから言うけど。犠牲者が女の子のみってことはほぼ間違いなく一人の時を狙われたってことで。囮《おとり》を立てる以上、男の僕が一緒にいるなんてのはどうやっても無理な話だからね？」

「むぅ……」

優しく諭すように言えば、ハナコはいじけた子供のように唇を尖《とが》らせた。

恋愛脳な彼女のことだから、囮になることよりも僕と離れるのが嫌なのだろう。

しかし残念、そんな可愛《かわい》い顔しても僕は騙《だま》されないし譲らないのである。

「で、どうするんだ？」

暫《しばら》く睨《にら》めっこをしていると、ボスからなげやり気味に催促がかかった。

受けるのか、受けないのか。相手が悪人である以上もちろん僕が依頼を断る理由はない。

新入りがいくら異議を申し立てようがあくまで決定権は僕にある。

仮にそれでハナコが不機嫌になるようならば、後で適当に埋め合わせをするとしよう。

「そうですね。それじゃあ受けま――」

「だったら死神さんが女の子になれば良いじゃないですか！」

「……なんて？」

突拍子もない言葉に顔を向けると、ハナコは名案ここに極まれりと得意気な笑みで立ち上がり、僕の二の腕を引っ張るように抱き締めてきた。

「だから女装ですよ！　それなら一緒に居てもおかしくないですよねっ！」

「うん、普通におかしいけど？」

　主にキミの思考回路が。

「どうしてですかっ！　死神さんが女の子になれば手分けしての捜索だって出来ますし、その方がよっぽど効率的ってやつですよ！」

「いやいやいや。それは僕が女の子のように可愛いければ成り立つ話だからね？　いちど落ち着いて、僕が女装した姿を想像してみてよ。ほら、自分で言うのも悲しいけどそりゃもう酷《ひど》いもんでしょう？」

「大丈夫です、ちゃんと可愛いに決まっています！　死神さんカッコいいですから！」

「そ、んっ……」

　あまりにも純粋な眼差《まなざ》しで言うものだから、喜びのあまり一瞬心が揺らいでしまった。

……いやぁ、待て僕！　落ち着け騙されちゃあいけない！

　恋は盲目と言うし、なによりこの女は一般的な感性からは致命的にズレているのだ。

「お、おだてたって駄目だよ。さっきも言ったけど、それは非効率だからね！」

　僕が強く拒絶すると、ハナコはそれでも「じゃあ私も男装しますから！」と頓珍漢な事を言い始めたので僕は聞こえないフリをする。

今朝はバディとなることを押し切られてしまったが、これぱっかりは譲らない。

先程から我関せずと黙っているボスだってそんなことは強制しないだろうし、彼女一人の腕力では僕を無理矢理《むりやり》従わせるなんてのは不可能だ。

すなわちこの勝負、僕の勝ちで――


「ねえ聞いた？　女装だって！」「ユズくんが女装!?」「やだぁ、みたいみたーい！」「他の子も呼んでこなきゃ！」「あたしスマホ取って来るぅ～！」


「……うん？」

何やら事務所の外からざわめき立つ声がした気がする……。

いや、きっと気のせいだろう。そうだ、そうに違いない。

どうか聞き間違いであってくれという微《かす》かな希望を胸に、僕がぎぎぎと首を傾ければ、

「「ユズリハくーん、あーそーぼー♪」」


扉の隙間からはメイド達《たち》が新しい玩具《おもちゃ》でも見つけたかのように目を輝かせていて――。

瞬間、僕は窓に向け全速力で走り出した。

3

見上げれば空を邪魔するものはなく、歩けばゆとりある煉瓦《れんが》道。

世界に負けない美しい観光地を造る、という理念のもと戦後の有力者により設計された
──ナノハ第六地区──。

その場所は、日本の中でも特に厳しい建築基準が設けられており、公共施設などの一部を除き、背の低い同系統の建造物が立ち並ぶ。

イギリスを彷彿《ほうふつ》とさせる町並みから別名『第二のロンドン』とも評されるが、そんな第六地区が真価を発揮するのは完全に陽《ひ》が落ちてからのことであり──

随所に設置された街灯によって街全体は暖色の光に彩られ、訪れた者に何ものにも変えがたい感動を与えてくれるだろう。


『話には聞いていましたが、ほんと綺麗《きれい》なとこですよねぇー』


そんな幻想的な光景を前に、感嘆の声を漏らす少女が一人。

ぱっくりと胸の開いたドレスを着る彼女は、メリハリのある顔立ちに、腰まで届くブロ

ンドと、煌《きら》びやかな街の中でも一際存在感を放っている。

まるで彼女の多幸感あふれる笑みが伝染するように、町行く人々は思わず足を止《と》めては、彼女の独り言に微笑《ほほえ》ましい笑みを浮かべており——。

『ね、ね、死神さんもそう思いません？』

「…………」

『あれ、聞こえてますかー？　おーい、もしもーし？』

「……こら、話し掛けるんじゃないの」

イヤホンから聞こえてきた囁き声に、僕はややあって呟《つぶや》き返した。

現在の時刻は二十一時三十分。

今から二時間ほど前に現在の形で捜査へと乗り出した僕達《たち》であったが、ターゲットが潜伏していると思われる此処《ここ》、ナノハ第六地区は端から端までほぼ直線状に歩くだけでも一時間は必要とする。

当然ながらたった二時間でターゲット発見なんてのは夢のまた夢であり、そうこうしている内に囮《おとり》の少女はすっかりと集中力が切れてしまったみたいだ。

忠告も空《むな》しく、街を歩くハナコはしきりに首を動かしては僕の姿を探しており、五十メートル離れた屋根の上からでも不審な動きが見て取れる。

『ですがもう一時間以上歩きっぱなしですよー？　いくら綺麗《きれい》でも一人では流石《さすが》に飽きて

きましたしー。やっぱり死神さん、もう一度女装しません？』

「しないよォ！」

今度の僕は流石に即答した。

あんな黒歴史、もう二度と御免だ！　思い出すのだって忌々しい！

『えー、でもちゃんと可愛《かわい》かったですよ？』

「いやいや、おだてたって駄目だからね？　もう絶対にしないから！」

『むう、そうですかー……。では死神さんの女装姿は私の心の中に留《とど》めておくとして。そろそろ休憩したいのですが宜《よろ》しいですか？　ちょっと、足の方が痺《しび》れてきまして』

「……まあ、それなら構わないよ。もしかすると既に釣れているのかもしれないし、休憩も兼ねて一度人通りの少ない方へ行ってみようか」

言いながら、僕はスマートフォンを素早く操作し地図アプリを走らせる。あらかじめチェックしていたポイントまでは、おおよそ十分弱といったところだろう。

移動の間、僕はハナコに説明する形で今回のターゲット&作戦について再確認した。

殺人ピエロ――ジョージィ・ササカベ。
欧米育ちの彼は幼少より新体操を学び、中学卒業後はサーカスのピエロとして十年間にわたって活躍。その活動は多岐に渡り、ジャグリング、玉乗り、綱渡り、手品と、一人で何役も兼任できるほど身体能力が高く、警察がその身柄を確保する際には十数人の負傷者を出したらしい。

曰《いわ》く、彼の動きは数秒後の未来を見通しているようであり——銃弾すら避《よ》けた、と。

資料にはそんな信じがたいことが記されていたが、続く文章によれば、彼はピエロ時代にも自身が動く的となる『ナイフ避《よ》け』を演目として行っていたらしい。

実際のところ、拘束状態で移送車から逃走していることもあるし、その身体能力は並々ならぬものであろう。

故に、今回の作戦は——先手必勝。

ハナコが注意を引いている隙に、僕が意識外から狙撃するのが確実であろう。

ちょうど作戦を確認し終えたところで、目的の場所まで辿《たど》り着《つ》いた。

そこは見渡す限りに植えられた短芝、風に揺れる木々、ただよう緑の香りと、それまでの人工物がほとんど排除された自然に近い公園だ。

ゴルフでもできそうな広大さは、流石《さすが》海外を意識した第六地区と言うべきか。

日中には賑《にぎ》わう憩いの場も、現在は人の寄り付かぬ静寂の闇に包まれている。

『はあ……ちょっと疲れましたねー』

ハナコが道沿いのベンチに腰掛けたのを見て、僕も二十メートルほど離れた茂みに身を潜める。

　実際に歩いていたのは一時間程度のことだったけど、インカムからはやや乱れた呼吸音が確認でき、その顔からも疲労の二文字が見て取れた。

「大丈夫？　そんな体力で殺人鬼とまともに戦えるのかな？」

『あはは、少し休憩すれば大丈夫ですよ～。変態の一人や二人返り討ちにしてやります！』

「……そっか。そりゃあ心強いね」

　皮肉のつもりだったんだけど……。

　やっぱり人の話を聞いていないのかなぁ、この子。

『あ、その感じは信じていませんね？　大丈夫です、ちゃんと戦えますよ！　なんたって私にはピカちゃんがありますし！』

「……ピカちゃん？」

『はいっ！　死神さんもよくご存じのはずですよ、ほら』

　そう言うとハナコは、どこからか無骨な塊を取り出した。

　暗闇と同系色のそれは、確かに僕もよく知る改造スタンガンである。

「……ああ、それなら大丈夫そうだね」

　ピカちゃんなんて可愛《かわい》らしい名前とは裏腹に、彼女のスタンガンは法外な電圧に加えスイッチから指を離しても動作し続ける凶悪仕様。故に制圧能力は極めて高く、一日経《た》っても胸の火傷《やけど》が痛む僕からすれば頷《うなず》くしかあるまい。

……が、それで彼女が殺し屋として有用かどうかは正直、半信半疑だ。

不老不死である彼女は、いくら鍛えようと筋肉は大きくならず、走り込もうと基礎体力は上がらず、少女のままこれ以上成長しないという致命的欠陥を抱えている。

一般少女並みの細腕では銃をまともに扱えないだろうし、真向からの組み合いというのも難しい。となると残されたのは自爆による大規模殺害か、美貌を生かしたハニートラップくらいなものとなり、やはりどちらも状況が限られてしまう。

最悪、僕が殺せば済む話ではあるのだが、それではバディである意味が無い。

ただの賑《にぎ》やかしなど僕には不要だ。僕の殺しは《亡霊》に復讐《ふくしゅう》するためにあるのだから、今回の任務の結果次第では、ボスにバディ解消を強く求めるとしよう。

そんなことを考えていて、僕はふと湧いた疑問を口にする。

「そういえば話は変わるんだけど——。魔女って、他にもいるんだったっけ？」

ハナコは悪魔と取引をすることで魔女となり不死となったが、彼女のような特殊存在が他にもいるのは仕事上、障害になる可能性がある。

たとえば今回のターゲットが持つ、予知じみた危機察知能力。それが本当に数秒後の未来が見えている魔女の力だとすれば非常に厄介な相手となるだろう。

『魔女ですか？　ええ、たぶん死神さんが想像しているよりもずっと多くいますよ』

「……へえ？　そういうのって魔女同士で分かったりするものなの？」

『いえ、流石《さすが》に個人の特定というのは難しく……。たとえば今の時代ですと、政治家や芸能人の中には何人か紛《まぎ》れているはずですよ。富や容姿など、悪魔との契約次第ではなんでも手に入るので、魔女の中には成功者が多いのです』

「ふーん、成功者ねぇ？」

だとすれば過去の時代――。

たとえば偉人とかが実は魔女でした、なんてことだってあり得るのだろうか。

『わあ、鋭いですね死神さん！　ご推察通り、それこそ歴史を動かしてきた者の中には数多くいますよ。言ってしまえば魔女はチートですからね。たった一人の魔女により戦況が変わったり、それにより国家の名称が変わったり、土地一つが地図上から無くなったり。何世代も先の時代に発見されるハズだった知識を得ては、農業の改革、医療の推進、国の繁栄などなど。世界を変えるような天才と言えば何人か思いついたりしませんか？』

饒舌《じょうぜつ》に、ハナコはまるで見てきたかのように笑った。

言われてみれば、確かに歴史上にはとても同じ人間とは思えないような偉業を成した者もいる。流石にその全てが魔女であったとは限らないのだろうけれど、目の前には何度殺そうと起き上がる奇跡がいるのだから説得力はあった。

が、そんなに魔女がいるのなら何故《なぜ》認知されていないのだろう？

写真や動画などの記録媒体が登場してから随分経《た》つというのに、一つとしてこの世に出回っていないのは無理がないだろうか。

『いえいえ、一応世に出ていないわけではないのですよ？　時代が進み続けた結果、都市伝説《オカルト》やCGなどで処理されることも多くなりましたし。それとどうしようもない事なんかは、【魔女の夜宴《ワルツ》】と呼ばれる組織が、同じ魔女の力でもみ消したりしているみたいです。まあ、私は入っていないので詳しくは知らないんですけど』

「……それは世の混乱を避けるため、みたいな？」

『そうですね。でもやっぱり、一番の理由は魔女狩りの存在だったりします』

魔女狩り――と。

初めて聞く話が続いたが、その言葉自体には僕も聞き覚えがあった。

それはまだ科学が発展する前の時代。日本が災害や不可思議な出来事を『妖怪』の仕業にしたように、海を越えた先では『魔女』のせいだと信じられていたという。

そうして行われたのが魔女狩り。

嫌疑を掛けられた時点でほとんど死刑宣告を意味していたらしく、老若男女何万もの人が犠牲になったとかなんとか……。

『確かに謂《い》われない冤罪《えんざい》なんかもありましたが、でも結局は、私のような本物を見つける為《ため》だったのですよ。実際、私も火炙《ひあぶ》りにされましたしね』

「へ、へえ……」

　随分あっさりと言うんだな。

　まあそれでも死なないのだから今更な感じではあるけれど――って、ちょっと待てよ？

「魔女狩りって何世紀も前の話だよね？　キミ、いったい何歳なの……？」

『あっ……はは、それ聞いちゃいます？』

　ハナコは痛いところを突かれたように苦笑した。

　そのまま茂みの中に隠れている僕の方を見ると（バレた、だと……!?）、片目を閉じ、口の前に人差し指でバツ字を作ってみせた。

『レディーに年齢を聞くのは御法度《ごはっと》ってやつですよ、死神さん』

「……いや、別に言いたくないなら構わないけどさ」

『あ、いえ、言いますよ？　妻たるもの夫に隠し事はいけませんからね！』

「そっか……うん。いつから僕たちは夫婦になったんだい？」

　プロポーズはされたが受けた覚えはないし、そもそも僕はまだ婚姻できる年齢じゃない。

　そう言うと、ハナコは「まあそれは置いておいて」と続けた。置いておくな。

『正確な年齢は分からないのですが、私が産まれたのはだいたい十五世紀の始めですね。ところで死神さんは、ジャンヌ・ダルクってご存じですか？』

「ジャンヌ……？　それって確か、百年戦争とかいうなんか長い戦争を終わらした偉人だっけ。あ、もしかしてその人と知り合いだったりするの？」

『知り合いというか、あれは私です』

「………………うん？」

あまりにもさらっと言うものだから、一瞬脳がフリーズした。

私ですっていうのは即《すなわ》ち、彼女は己をジャンヌ・ダルク本人だと言っているわけで……。

「……え、いや、マジで言ってるの？」

『ええ、大マジですよ』

唖然《あぜん》とする僕に、ハナコは笑顔で肯定した。

教科書にも載っているような超有名人が目の前にいるなんてのは信じがたいが、老化はある意味細胞の死であるし、彼女の再生能力を考えるならばあり得ない話ではないだろう。

だからこの際そこは良い。問題は、仮にその話を信じるとすれば、彼女は軽く五百歳以上も年上となるわけで――。

「えっと、それじゃあジャンヌさんって呼んだ方がいい……ですか？　あ、それと喉乾いてません？　僕、お茶でも買って来ましょうか？」

『いやいや、ちょっと待ってください！　なんでそんな急によそよそしくなるんですか⁉』

「え？　そりゃあ、ご年配の方には優しくしないとですし……？」

『ご、ご年配ぃいいいい――っ⁉　いや、私、不老不死ですからねっ！　この身体《からだ》はピチピチの十代《ギャル》ですからね!?』

「いやピチピチて」

その発言が絶妙に年寄り臭いんだよなぁ……。

呆《あき》れから乾いた笑い声を上げていると、ハナコは熱も冷めやらぬまま「それとですね」とまくしたてた。

『呼び方は今まで通りでお願いします！　ジャンヌはあの時死んだのですから！』

「死んだって――」

現に生きているじゃないか、そう言いかけ僕は口をつぐんだ。

史実では確かに死んだことになっているし、魔女として処刑された以上、家族や友人と会えば生存が漏れる可能性がある。そうなれば再び身柄を確保されるか、逃げても大切な者たちが潜伏先を知っているのではと疑惑の目を向けられることになってしまう。

だから彼女は、家族と別れを告げぬままジャンヌの人生に決別したのだろう……。

ふとした会話からそんな背景が垣間《かいまみ》見え、僕はそれ以上追及することが出来なくなってしまった。

『まあそんなわけで、今はただのハナコです！　はい、というわけで今度は死神さんのお話を聞かせてください！』

「……僕の？」

重くなり始めた空気を感じ取ったのか、ハナコは露骨に話題を変えるように言った。

しかし急に訊《き》かれても、僕には彼女のような有意義な話は出来そうにない。

『別になんだって構わないのですよ。好きなものとか、嫌いなものとか。私的には好きな女の子のタイプなんか気になりますが！』

「あ、はは……相変わらずだねキミは」

ぶれないところ申し訳ないが、少なくとも殺されて好きになる人は除外されるだろうね。

仮に僕が好きになるような人と言えば、それよりももっと普通な。優しくて、可愛《かわい》くて、一緒にいて心休まるような……。


たとえるならば、そう――柊《いいんちょう》トモリのような普通の女の子だ。


「………あれ」

『？　どうかしました死神さん』

「あ、いや。なんかたった今凄《すご》いことに気付いたような気がしてさ……。ちょっと思考をまとめるために訊きたいんだけど。ハナコにとって結婚したいと思える人ってどんな人？」

『もちろん好きな人です！　さあ、結婚しましょう死神さん！』

「うん、その話はひとまず置いておくとして。……まあ、普通はそうだよね」

これはもしかすると確定だろうか。今まで気づかなかったのが不思議なくらいだけど、客観的に見ると僕は委員長のことが好きということになる。

が、しかし――。何を隠そう、僕は今まで人を好きになった経験が無いのだ。

だからこれが本当に恋なのか分からないし、特別ドキドキする訳でもないし、委員長と明日《あした》教室で顔を合わせても僕はいつも通りの挨拶をするだろう。

いや、別に認めたくないわけではないんだよ。委員長は可愛いし、いい子だし。

確証を持つため、ここはひとつ委員長の嫌なところを上げてみてはどうだろう？

委員長の嫌なところか……うーん、ないな！

ははは ー、さぁてこれは困ったぞ。

想《おも》いを伝える気なんて今のところないが、少なくともこの気持ちはハナコにだけは絶対にバレないようにしないとだ。うっかり他に好きな人がいるなんてことが発覚した際には破天荒な彼女が何をしでかすか分からない。

だから決して、ハナコにだけは――

『……がみさん！　死神さん！　聞こえいてますか死神さん!?』

長らく思考の海に漂っていた僕は、そんな声により強引に現実へと引き戻された。

突然黙ってしまったことでなかなか心配を掛けたのか、僕を呼ぶハナコはベンチから立ち上がっていて、その表情もどこか緊迫した様子だった。

「あ、ごめんごめん。で、なんだっけ？　好きな人のタイプだっけ？」

『ち、違います！　今はそんな話じゃなく——誰かが襲われているんです！』

瞬間、ハナコは闇の中へと走り出した。

一秒。二秒。ぐんぐんと離れていく背中が藪《やぶ》の中に消えて、僕は遅れて状況を理解した。

誰かが襲われている。紛《まぎ》れもなく、今回のターゲットに。

「——っ！」

くそ、出遅れた……！　いつもはこんなハズではないのに、きっとハナコの能天気さに当てられ調子を狂わせていたのだろう。

インカムを外し、ハナコの消えた方へと駆け、僕はコートから拳銃を引き抜いた。

銃把から手に染み込む冷たさに、呼吸は小さく、心は静かに冷えていく——。

ほどなくして聞こえて来た雷撃と、黒板を引っ掻《か》いたような悲鳴を頼りに駆ければ、順々に三つの人影が視界に入った。
一、ぐったりと草地に倒れる——制服の少女。
二、立ったまま首を絞められる——ハナコ。

三、ひくっと少女の喉が震えるのを恍惚《こうこつ》とした笑みで眺める——道化の男。
「っ……かぁ……！」

「キヒッ！　抵抗しても無駄さァ。キミは絶望と屈辱のままに死んで、そのあとはジョ、ジ、ジィにたっっっっぷりと犯されちゃうんだから————ンギッ!?」

距離十メートル。紫のベニで施されたピエロ面《づら》がターゲットと同一であるのを確認し、僕は男に向かってすかさず引き金を引いた。

瞬《まばた》きよりも速く発射された鉛玉は、乾いた破裂音を響かせながら一直線に風を切り、首だけで振り返った男のこみかめを撃ち抜く……ように思えた。

男は大きく上体を反らすと、そのまま地に手をつき、後方へと回転しながら距離を取っていく。

「——チッ」

今のは脅しでも、手元が狂ったわけでもない。そのピエロ、ジョージィ・ササカベは、資料通りの常人離れした危機察知能力で、弾丸を躱《かわ》したのだった。

「なんだいキミはァ？」

ゆっくりと振り返ると、ササカベは僕に向かっておどけるように肩をすくめてみせた。

なんとも嘘《うそ》臭い演技だ……。熟練した動きと声は穏やかなものだが、しかし化粧の奥から覗《のぞ》く瞳はちっとも笑っちゃあいない。

邪魔者を品定めするように、非難するように、眼光は鋭く僕を睨《にら》んでいた。

「ああ、もしかしてジョージィたちのお仲間に入りたいのかなァ？」

「……仲間ぁ？　はっ、悪いけど僕にそんな趣味はないよ」

黄ばんだ歯を覗かせるササカベに銃口を向けたまま、僕は半秒、周囲を見回す。

ハナコはその場に蹲《うずくま》り噎《む》せ返《かえ》っているが、ほどなく回復するだろう。

問題は——もう一人の少女の方だ。その首には細いロープが巻き付けられ、銃声を聴いてもぴくりとも動かない。乱れた髪、露《あらわ》になった腹部、捲《めく》れ上がったスカート、と。目を背けたくなるような惨状は、あと一歩間に合わなかったことを物語っていた。

非力な少女なりに抵抗はあったのだろう……。

鞄《かばん》の中身は彼女を中心に広範囲に渡って散乱し、数メートル離れた僕の足元にまで、ペン、ノート、長方形のカード群、動物のキーホルダー、と少女らしいもので溢《あふ》れていた。

「————？」

待て、今なにか視界の中に違和感があった気がする。

長方形のカード？　どこであったか、つい最近全く同じものを見た覚えがあった。

そう、あれは確か今朝の教室のことで。僕が激しい睡魔と戦う中、登校して来たばかりの少女が笑顔を浮かべて、パパに買ってもらったんだぁ――って。


「………待て、って……」

違う、そんなはずはない……。

一瞬の情報を、きっと脳が勝手に補正しただけさ。

だから彼女の服装が僕の通う高校と同じ形に見えたのも、解《ほど》けかけた髪型が首の後ろで束ねたモノであったのも、頭を撫《な》でるにはちょうどいい背格好も――すべて見間違い。

たとえ眼《め》を逸《そ》らした先に僕の未来を暗示した《死神》のカードが落ちていたとしてもそれはただ彼女たちが偶然にも同じ趣味を持ち同じカードを所持していただけの話であって、

「っ……死神さん前ぇ！」

「――あ、」

ハナコの声に、はっと我に返る。

一瞬外した視線。その隙を、道化は見逃してはくれなかったらしい。

ササカベは踵《きびす》を返すと、けたけたと薄気味悪い笑い声を響かせ木々の狭間《はざま》に消えて行く。

「ま、待てっ……！　逃げるなぁ！」

吠《ほ》え、発砲し、一歩前に踏み出して――。

けれど僕の脚は泥の中を藻掻《もが》くように重く、思うように進むことが出来ない……。

そうこうしている内に、僕の優秀な眼は今度こそ彼女を捉えてしまった。

上下していない胸に、ぽっかりと開いた瞳孔。何百、何千と、僕が命を奪ってきた者たちと同じ顔を晒《さら》す――柊《ひいらぎ》トモリの死に顔を。

「〰〰〰〰〰っ！」

ぎしりと、心がひび割れたようだった。

駄目だ、余計なモノは見るな。今は成すべきことだけを考えろ。あいつだ。目の前の男だ。あの外道を殺すために――今は仮面を被《かぶ》れ。

感情を仮面で抑え込み、僕はただその場から逃げるように地を蹴った。

4

前を行く道化との距離は十メートル。

有効距離であっても、木々に遮られては弾《たま》が命中した手応えは無い。

差は縮まらぬまま弾丸は消費させられ続け、そうして敷地内でも一層暗い林地まで誘われれば、

「キヒヒヒっ！　さぁ、ショータイムの始まりだよォ！」

ササカベは手を広げ、上空三メートルの高さからこちらを見下ろしていた。

まさか奴《やつ》も魔女か……と思いかけ、僕はすぐさまその考えを棄却する。

木々の間に張り巡らされた縄――。暗闇と枝葉のせいで視認性が悪いが、僕の眼《め》は二十あるそれらを完全に捉えている。

さながら綱渡りのように、ササカベはその中の一本に立っているだけだった。

「……へぇ、ショータイム？　だったら切断ショーなんてどうかな。種も仕掛けもない、よく切れるナイフでアンタの首を刈り取ってやるよ」

いつでも発砲できるよう銃口を向け、僕は睨《にら》み上げる。

しかしササカベはそんな状況でも笑みを絶やさず、不安定な足場などお手のものと縄の上で小躍りして見せた。

「キヒヒッ……駄目駄目。ジョージィがしたいのはナイフ避けの方なんだァ！」

「……ナイフ避《よ》け？」

それは例の、サーカスにて披露していたという悪趣味な演目のことを言っているのだろうか。

「そうさ。ただ今はナイフが無いから、代わりにキミの銃弾を使うとしようよォ。一発でも当てられたらキミの勝ち、弾が無くなったらジョージィの勝ち。キヒッ、イージーなゲームだろォ？」

「……ああ、そりゃあ簡単で助かる——なぁッッ！」

ダンッと、開始の火蓋を切ったのは僕だった。

火花を撒《ま》き射出された弾丸は、それまで歪《いびつ》な笑みがあった場所を通過し、後方数メートル奥の枝葉を撒き散らす。

完全な不意打ちだったが、やはりササカベはこれを回避してみせた。

僕が引き金に指を掛けた時には既に初期動作を終えており、身を屈《かが》め、縄をたわませて、その反動で別の縄へと移動しては、

「キヒッ！　これで四——っとぉおおお!?　……いやぁ、五発だねぇ。さてさて、あと残り何発あるのかなぁ？」

右へ、左へ、上へ、下へ。

猿のように飛んで跳ねられては動きが予想しづらく、なかなか狙いが定まらない……。

下手な鉄砲数打ちゃ当たると言うが、的は可動式でこちらの弾《たま》にも限りがある。不意に銃口で追うのを止《や》めてみれば、ササカベはそんな僕に肩をすくめ道化を演じた。

「おやおや、もう諦めちゃうのかい？　いけないねぇ、それじゃあ観客は退屈だァ！　あそうだ、だったらハンデに十秒だけ止まっていてあげようかァ？　ほらほら、鬼さんこちら手の鳴る方へェ〜♪」

「………………」

安い挑発に、僕は惑わされない。

奴《やつ》の狙いは読めている。態度と言葉で惑わせ、激昂《げきこう》させ、致命的なミスを誘いたいのだ。

昨夜ハナコは、僕を〝死神よりも道化のようだ〟とたとえたけれどその通り。

奇才で、狡猾《こうかつ》で、臆病で。奴と僕とは確かに似ている。似ているからこそ、その思考回路はおおよそトレースできた。

――いくら化粧／化生の面を被《かぶ》ろうと、人間の本能ばかりは覆い隠せない。

逃げるだけで攻撃に転じないのは、それ即《すなわ》ち奴の持つ武器が対接近戦を想定したモノのみであり、奴の回避有効範囲が至近距離では作用しないという事。故に距離の開いた現状では、こちらに勝機は薄く――まずは注意を逸らす必要があるか。

「なぁ、アンタ！　アンタはどうして人を殺すんだ？」

予備の弾倉と合わせ、残り弾数は十九発。

いつでも発砲できるよう、僕は銃を肩の高さに構えたまま叫んだ。

「愛だよォ！」

ササカベは即答した。縄の上で立ち止まり見下ろす醜悪な笑みからは、お前の考えをわかった上で答えてやっているのだという余裕すら感じられる。

「……愛？」

「ああ、そうさ。女の子というのは困った生き物でねェ。言葉を偽り、外見を彩り、本音を隠し、それが〝綺麗《きれい》〟だと思い込んでいる。可哀想《かわいそう》だよねェ……。可哀想で、可愛くないよねェ？　だからジョージィはそれを殴り、汚し、剥《は》がしてあげているんだ！　恐怖に追い詰められた瞬間こそ、女の子が最も美しい顔なのだと教えてあげているんだァ……！　ここまで話せばわかるだろう？　ジョージィは別に殺したい訳じゃあないんだ。彼女たちがただ、ジョージィの愛に耐えきれず死んじゃうだけで――」

「それは性癖だろうが」

切り捨てるように、僕は口を挟んだ。

愛だなんだと語っても、亡骸《なきがら》を弄んでいる時点でその言い分は破綻している。

「アンタのそれは一方通行だ。独りよがりのオナニー野郎が〝愛〟を語るんじゃねえ」

「キヒッ、若いねぇ……。愛の形なんて人それぞれなんだよ。自分の感性が絶対的なものだと信じ、気に入らないものを否定するキミの方が独りよがりってものさァ」

軽蔑に睨《にら》み付《つ》ければ、ササカベはそんな僕に肩をすくめ、嬉《うれ》しそうに頬《ほお》を吊《つ》り上げた。

「……言いたいことはそれだけかよ？」

「んんん、そうだねェ……。強いて言うなら、ジョージィは一度目を付けた子は必ず愛すと決めているんだ。だから邪魔なキミを殺し、金髪の子も殺した後は、最後にあのポニーテールの子を愛さなきゃだねェ！」

「――――ッ！」

対話はここに決裂した。元々生かすつもりなど無かったが、生存の可能性はたった今ゼロとなった。

僕の大切を殺しただけでなく、その身体《からだ》を辱めようとするコイツは――今、ここで殺す。

「キヒッ、また外れちゃったねぇ！」

揺らぐ硝煙の先でひらりと踊り、ササカベは舌を鋭く突き出した。

相変わらずのカートゥーンを思わせる挑発的な動きだが、僕はそれを無視し、明後日の方向に引き金を引く。

一発。二発。三発――と。夜の林地に、止《と》まらぬ銃撃は響き渡る。

「なに、を……しているんだいィ？」

するとササカベの顔に、陰りが生じた。

なんのつもりだと。気でも狂ったのかと。動揺に眉をひそめては、僕がお喋《しゃべ》りに興じ周囲を観察していたのに気付いた様子はない。

そうか、わからないか……。なら好都合。偽る者同士、このまま罠《わな》に嵌《は》めてやる。

暗闇に閃光《せんこう》を迸《ほとばし》らせ、静寂を掻《か》き乱し――。

撃ち尽くすと共に即座に弾倉を交換、僕はほぼノータイムで装填《そうてん》された弾を打ち、反動に痺《しび》れ握力が低下するまで撃ち、撃ち、撃ち――あっという間に十九発。

そこまで撃って、漠然と周囲を見渡したササカベはハッと息を飲んだ。

「な……縄を、切っていたのかァあああああ!?」

「……気付くのが遅いよ」

叫ぶササカベに、僕はいやらしく悪意をたっぷり詰め込んだ声で返してやる。

強制される状況ならいざ知らず、何もわざわざ相手が用意したルールの中で戦ってやる必要なんて無いのだ。戦い辛《づら》いのならば——その環境を壊してやればいい。

そうさ。僕は無造作に撃っているように見せかけて、奴《やつ》の足場を破壊していた。

「さあ、チェックメイトだ」

「ぐ、ぎっ……!」

まさしく袋小路。一本の僅かな足場を残し、ササカベにもはや逃げる場所はない。

僕は勝ち誇った笑みをこぼし、銃口を上へと向け、そのまま引き金に指をかける。

「……………………」

しかし銃弾は射出されなかった。

かちん、と。それまでとは異なる音が木霊《こだま》しては、手に伝わる熱や振動は無く——スライドから薬莢《やっきょう》が零《こぼ》れ落《お》ちることも無い。

理由は明白だ。馬鹿みたいに撃ち続けた結果の、弾《たま》切れ、だった。

「キヒッ――――！」

蟲《むし》の声も無い静寂に、歪《いびつ》な嗤《わら》い声が嘶《いなな》く。

虎視眈々《たんたん》と隙を窺《うかが》っていた者が、こんな好機を逃すはずがない。次の瞬間には、逆手にナイフを構えた道化が身を翻《ひるがえ》し、跳躍していた。

「ゲームオーバァ！　ジョージィの勝ちだァアアア――ッッッ！」

まさに狂喜乱舞。獲物を求めるように光る刃《やいば》を、ササカベは落下の勢いのまま僕の頭上から振りかぶってくる。

接触まで一秒と少し。

この距離では到底避《よ》けることは敵《かな》わない――――けれど。

「……はっ、だからチェックメイトだって言ったでしょうよ」

僕はここに、絶対的な勝利を宣言した。

仮面の下で笑みを零しながら、空の銃を捨て――二丁目の拳銃をぶっ放す。

荊棘《けいきょく》の枷《かせ》〈アンカー・バレット〉。通常の数倍ある銃口から射出された弾丸は、うねり、ササカベの回避範囲を越え展開した。

「なっ、ぎぎゃっ……!!?」

五本のワイヤーは全身を覆い、複雑に絡み合う。ササカベはこれを真っ向から受けたばかりに空中で態勢を崩し、地面に肩から叩《たた》き付《つ》けられた。

比較的柔らかな草地とはいえ、受け身もなしに数メートルの高さから落ちれば骨が折れるだろう。転がったナイフを拾い近寄れば、ササカベは苦悶《くもん》の表情で見上げてきた。

「だ、ダマ――だましたのかぁあ……!?」

「騙《だま》した？　そりゃあ、銃を扱うのに残り弾数を把握していないわけないでしょうよ」

馬鹿じゃないんだから。そう付け加えれば、睨《にら》むササカベは眼《め》を見開き言葉を失った。

ようやく、僕の策略に嵌《は》められたと理解したのだろう。

ササカベの脅威に対する嗅覚は取り分け鋭い。足場を落とし逃げる方向を絞っても、それだけでは荊棘《けいきょく》の枷《かせ》〈アンカー・バレット〉は躱《かわ》されていただろう。

――なので演じさせてもらった。

追い詰めた瞬間に弾《たま》切れが起こるよう調整し、逃げ場のない空中へ出てきてくれるよう

僕は些細《ささい》な隙を作ったのだ。そうして結果はこの通り。

弱者をいたぶる悪癖から敵の窮地となれば即座に攻撃に転じるとは想像できたが、ここまで思惑通り進んでは自身の演技力が怖くなる。

「ああ、卑怯《ひきょう》なんて言うなよな。命のやりとりをしているんだから騙されるほうが悪い」

「っ……キヒヒッ！　あァ、すっかり騙されちゃったよォ！　けれどジョージィはまだ負

けてないんだ。こんな細い糸、簡単にィイイイイイっっっ！」

ササカベは雄叫《おたけ》びを上げ、ワイヤーを引き千切ろうと身体《からだ》を揺り動かした。

が、荊棘《けいきょく》の枷《かせ》〈アンカー・バレット〉は人間の力でどうにかできる代物《しろもの》ではない。身じろぐことで両端の返し刃が肉に食い込み、苦痛が増し、行動をより阻害するだけだった。

「んっ、ぎぎっ！　こ、こんな細いのに……ナンデ！」

「なんでって……。普通に考えて、捕縛用の道具が簡単に解《ほど》けるわけないでしょうよ。というか、仮に出来るとしてそれまで僕が待つと思うのか？」

しゃがみ眼前にナイフをチラつかせると、その顔色は目に見えて変化した。

瞳は死への恐怖に揺らぎ——そうして道化の仮面は、あっさり剥《は》がれ落《お》ちる。

「お、おれを殺せばキミも死ぬぞぉッ！　それでも良いってのかッ⁉」

「ええ？　なに、もしかして呪いとか使えちゃう感じ？　わあ怖い、こんな夜更けにお払いの予約とか出来るのかなぁ」

「そ、そうじゃないよぉ……！　おれは裏社会のさるお方に目をかけて貰《もら》っているから、ここで殺すと、その方の恨みを買うことになると言っているんだッ！」

「……ふうん？」

苦し紛《まぎ》れのブラフにしてはその表情は真に迫っていた。

狡猾《こうかつ》な彼の性格を考えるに、絶体絶命の状況で無意味な脅しなんてするようには思えず、僕は一先《ひとま》ずナイフを首筋から外してみる。

「それって誰さ？　僕は一応、お国から依頼されて此処《ここ》にいるんだけど？」

「く、国なんて関係ないさァ！　何を隠そう、囚《とら》われのおれを開放してくれたのはそのお方で……！　きっとキミだって名前くらいは聞いたことがある筈《はず》だ！　この国の裏の管理者——都市伝説の亡霊サマだよォ！」

「——」

どくん、と心臓が波打つ。

似たような命乞いは今までだって幾度と受けてきた。《亡霊》の名を騙《かた》るニセモノだって一人や二人では済まなかった。けれどその者が、警察の手から連続殺人鬼を故意に逃がしたというのならば話は違ってくる。

警察内部まで力が及ぶその行いは、まさに都市伝説に名を轟《とどろ》かす《亡霊》そのものであり。故に僕の左手は、無意識のうちに目の前にいる男の首を締め上げた。

「——言えッ！　《亡霊》は何処《どこ》にいるッッッ!?」

「っ、ぐえぇ……！　や、やめ、いう、言うからっ……！」

恐怖に顔を歪《ゆが》め、酸素を求め喘《あえ》ぎ、男は蛙《かえる》を押しつぶしたような汚い音色を響かせる。

あと十秒もすれば僕の大切を奪ったコイツを殺すことが出来る……けれど駄目だ。

やっと見つけた。やっと尻尾《しっぽ》を掴んだのだ。委員長を殺したこの外道をどんなに殺してやりたくても、情報を聞き出すまではまだ駄目だ。

そのまま縊《くび》り殺したい衝動を抑え、僕はササカベを突き飛ばす。

身を投げ出されたササカベは呻《うめ》き声《ごえ》を上げたが知った事じゃない。そうでもしなければ僕は僕自身を止《と》められそうになかったのだ。

「これで話せるだろ!? さあ早く、《亡霊》について知っていることは全部吐け！」

「っ、ぐぅ……た、頼まれたんだ！　二日前に！」

再び切っ先を向ければ、ササカベはびくびくとこちらの様子を窺《うかが》うように、震える唇を動かした。


それは今から五日前の事。

九名もの少女を殺して死刑がほぼ確定されたなか、ササカベが留置所へと搬送される直前に、《亡霊》を名乗る者から接触があったという。

『キミを自由にしてあげよう。その代わり一つ願いを叶《かな》えて欲しい』

食事の中に隠されていたそんなメモに、ササカベは当初懐疑的であったという。

しかしメモ通りに動けばあっさりと脱走に成功。その足で指定の場所へと逃げ込むと、酷《ひど》くしゃがれた声の男が出迎えた。

『キミの力を見込んで一つ仕事を頼みたい。その日がいつになるかは分からないが、確かなのは近日中ということだ。それまでは自由にしてもらって構わない。なに、何度捕まろうとその度に出してやる。だから後のことは心配せず好きに生きろ』

それが二日前の出来事で——。着替えと当面の生活費を受け取ったササカベは、《亡霊》の言う通り自由に、少女を愛するため動いたのだと言う。

「それで……？　《亡霊》とは、どうやって連絡を取る手筈《てはず》になっているんだ？」

「れ、連絡？　いや、亡霊サマはその時が来たら会いに来ると言っていたよォ！」

「……はぁ？」

これは一体、どういうことだ……？

その行動と発言には穴がある。再び脱走させる手間を考えれば、連絡を取る手段も無く野放しにしておくなんてのは非効率極まりない。仕事を頼みたいのならばその時が来るまで厳重に保護するべきだろう。

何より、いままで何一つとして情報を掴《つか》ませなかった《亡霊》が、裏の管理者とまで呼ばれる者が、そんな不合理な行動に出るとは思えない……。

が、ササカベが嘘《うそ》を言っているのも違うだろう。

身動きもとれない絶体絶命の状況で未《いま》だ欺こうなんてのは流石《さすが》に無理があるし、機嫌を損ねないよう必死に取りつくろった笑みを見れば真実を語っているのは明らかだ。

となれば自然と答えは一つ。

即《すなわ》ち《亡霊》が——ササカベに嘘《うそ》をついたのだ。

これから何かをさせるのではない。《亡霊》がササカベを野放しにしたのはそのまま騒ぎを、、、、、起こさせることが目的だったからだ。

「はっ、なんだ……。アンタ、ただの捨て駒じゃないか」

それが警察の眼《め》を撹乱《かくらん》させるためであったのか、あるいは他に僕の知らぬ何かが起きているかはさして興味がない。確かなのは、今こうしてササカベの危機に助けが現れない時点でもはや足切りは済んでいるということで……。

もはやコイツを、生かしておく理由はなくなったかな。

「な、なにを言っているんだい？」

利用されたことにちっとも気付いていないのか、当の本人は唖然《あぜん》と見上げてきた。哀れで惨めなそんな顔に、僕の心はどんどんと冷めていく——。

ただ言葉も無くナイフの柄を握り直せば、焦《あせ》り顔は見る見るうちに怒りへと変化した。

「ま、待てっ……！　ふざけるなよ偽善者がぁああッ！　ここでおれを殺してみろ、お前もおれと同じ人殺しだあああッ！」

「……そうだね、僕達《たち》は同類だよ」

「あァあああああああああああああ!?　否定したって一緒だ……よ？」

ササカベは途端《とたん》、語気を弱めまじろいだ。

おかしいね。その反応じゃあまるで、僕が正義のために人殺しをしていると思い込んでいたようじゃないか。ああ、大ハズレだ。見当違いも甚だしいね。

僕が悪人しか殺さないといってもそれは正義ではない。復讐《ふくしゅう》という欲を満たすために命を奪っている以上これは断罪じゃあない。ササカベと僕とで、本質は変わらない。

僕は好きな女の子一人まともに救えない――ただのクソッたれの人殺しだ。

「ああ。だから同類らしく、僕もアンタを愛してやるよ――なあ、道化師ッ！」

これにてショーは幕引きだ。首筋にナイフを沿わせ振り上げれば、真っ赤な飛沫《しぶき》が周囲の草木を汚していく。悪人だろうと、善人だろうと……血液の色は変わらない。

悲鳴もなく、涙も無く、そうして道化は絶命した。

唖然のままぽっかりとあいた眼球は、《死神》の血染め顔を映すばかりで……。

「……く、はは。なにが愛だよ……！　こんな、ふざけるなよ……！」

委員長の仇《かたき》を討ったというのに、胸のつかえはちっとも解消されやしない。

愛する者は二度と戻ってこないのだという喪失感が、ただヒビ割れた心を苛《さいな》んでいく。

「はあー、はあ……！　のくたっ……たたん、っ……はぁ――！」

こんなものなのか？　こんなものが僕の追い求めていた五年間なのか？　何もないじゃないか。こんな空虚を味わうために、僕は血で手を染めてきたっていうのか？　ふざけるな……ふざけるなよ。こんな思いをするくらいなら、もう僕は……！

「──死神さんっ！」

耐え難《がた》い息苦しさから膝をつくと、凛《りん》と導くような声がした。

程なくして近づいて来る駆け足に頭を上げれば、そこには月を思わせるような美しい少女が立っていて、

「だ、大丈夫ですか……？」

ハナコは胸の前で手を合わせると、どこか困惑したように口を引き絞っていた。

あれだけの銃声を響かせれば場所の特定は容易だろう。戦闘から今この瞬間まで、一部始終を見られていたと考えてまず間違いない。

ああ、それはなんというか…………とても面倒くさい。

だから僕はいつものように、誤魔化《ごまか》すための笑顔を作って見せた。

「あ、はは……恥ずかしいところ見せちゃったかな？　大丈夫大丈夫、ちょっと寝不足で立《た》ち眩《くら》みしちゃっただけだからさ。まあでも、ほら、そんな状態でも惚《ほ》れ惚《ぼ》れする殺しっ

ぷりだったでしょー？」

「…………」

あれれ、おかしいな……。いつもどおりの笑顔を作ったはずなのに、かえって空気が重くなってしまった。って、いやそっか。死体を前にいつも通りじゃあ怖かったよな。

こういうときはそう、彼女と同じように目を伏せ悲しげに笑うんだった。

「おかしいですよ、死神さん」

ああ、また間違えたかな……。なんかもう、よくわからないや。

取り繕うのをやめると、ハナコは僕との距離を一歩詰めるで責めるように見下ろした。

「昨夜から違和感はありましたが、たった今その正体がわかりました。死神さんは、ずっと自分を偽っているのですね？　それもおそらく、意図して──」

「……だったらなんだって言うのさ」

踏み込んだ発言に、僕の口は八つ当たりするよう開く。

ああ、そうさ──僕は心に仮面を被っている。常日頃から今この時まで、どういった顔をすれば円滑に物事を進められるのかを考えながら発言している。

けれどそれの何が悪いと言うのだろう。この世に裏表の無い人間なんて存在しない。

僕の場合はそれが少し過剰と言うだけであって……。こうして無理矢理《むりやり》にでも笑わなければ、復讐《ふくしゅう》のために誰かの命を奪い続けるなんて耐えられなかったんだよ！

「復讐《ふくしゅう》……。それが死神さんの、殺し屋をしている理由なのですか」

どこか合点がいったように、ハナコは目を伏せ呟《つぶや》いた。

ササカベとの会話を聞いていたのならば、僕の目的には想像が付いていただろう。その上でここまで情報と感情を吐露してしまえば、もはや誤魔化《ごまか》すことなど出来はしない。

なにより今の僕は、誰かに話を聞いて欲しかった……。

「――どこから話せばいいのかな」

だから僕は話をした。芝の上に腰を落ち着かせ、独り言のようにぽつぽつと。

僕には、酒と音楽が趣味のろくでもない父親が居たことを。

そんな父が、裏社会では《白狼《はくろう》》と呼ばれる殺し屋であったことを。

名が売れた結果、都市伝説の《亡霊》に煙たがられ殺されてしまったことを。

唯一の肉親を殺され失意の中にあった僕は、復讐を誓わねば立ち上がれなかったことを。

五年目にして、ようやく掴《つか》みかけた存在は幻想のように消えてしまったことを――。

「それで……死神さんは、ここで諦めてしまうのですか？」

話に一段落付くと、そこまで神妙な顔をしていたハナコは話を絞めくくるように言った。

共感や慰めの言葉を求めたわけではないけれど。そんな言葉に、僕の口からは諦めにも似た笑いが漏れる。

「諦めないよ……。諦めない、けどさっ……。僕にはもう、どうしていいのか分かんないんだよ……！」

仇《かたき》を討っても辛《つら》いだけだという事を、僕はもう知ってしまった。

壁にぶち当たるたびに何度だって乗り越えて来たけれど……今回はしんどいな。

もはや立ち上がる気力も無いほどに、意志も目的も、今はどこか遠くなってしまったような気さえする。

「あー。そういえばあとは向こうの出方を待つだけでしたねー」

「……？　いや、待つって何を……？」

不意にハナコが言った言葉が、よく分からない。その言い方はなんというか、単純に会話がかみ合っていないような気がした。

聞き返しながら顔を上げると、ハナコはきょとんと首を傾《かし》げていて、

「いえ、ですから亡霊さんが接触して来るのをですよ。死神さんのお父様を目障りだからという理由で殺すような人ですから、今回その縁者を手に掛けたとなれば死神さんをうとましく思い、向こうから殺しにやって来るのではないですか？」

「…………え？」

まるで、意識外から殴られたようだった。

情報を入手する事ばかりに目がいっていたけれど、言われてみれば筋は通っている……。

もしかして僕は、諦めた気になってあと一歩のところまで急接近していた……のか？

「それこそ死神さんは同じ都市伝説になるくらい有名なわけですから、亡霊さんも少なからず意識はしていると考えた方が妥当ですよね。となれば明日《あした》にでも刺客が来てもおかしくはありませんし、気を引きしめて頑張りましょう！　一緒に！」

「う、うん……？　えと、一緒にって？」

「もちろん協力しますとも！　むしろ協力しない理由がありますか？」

「いや、その……気持ちは嬉《うれ》しいんだけどさ。普通こういう時って、復讐《ふくしゅう》は何も生まないとか、お父さんはそんなこと望んでいないとか言うもんじゃないの？」

「ははー、反吐《へど》のでる綺麗事《きれいごと》ですね～」

ハナコは吐き捨てるように言った。

心底くだらなさそうに、けれど僕を思いやるような優し気な眼差《まなざ》しで。

「復讐は何も生まないなんてのは嘘《うそ》です。そんなのは復讐される側が考えた詭弁《きべん》ですよ。そもそも、死者が望もうが望むまいが関係ないのです。復讐は他の誰でもない、残された者が前に進むためのものなのですから」

生産ではなく——清算のために。

復讐には何もないと知った今、そんな考え方は僕の中で妙に納得がいった。

……きっと今の僕は、複雑な顔をしてしまっているだろう。僕の過去を知るのは彼女で三人目になるが、こんな気持ちが良いまでの肯定をされたのは初めてのことだったのだ。

ハナコはそんな僕を見下ろして、これまた嫌みの無い見惚《みほ》れるような笑みを浮かべた。

「はい！　というわけで私も協力させて頂くのです！」

「いや、というわけでって……だからどうしてそうなるのさ？」

「ふふーん、そんなの大好きな人の力になりたいからですよっ！　進む先が見えないのであれば手を取り、一人で歩けないのであれば肩を組んで支え、立てないと言うのなら立てるようになるまで慰める。それが妻たる私の役目です！」

「……だからいつ、僕達《たち》は夫婦になったのさ」

そうぼやくように言いつつも、僕の口元はとっくに綻んでいた。

引き留めるのではなく共に荊《いばら》の道を歩むだなんて、大切なものは大事にしまっておきたい僕には気持ちが悪いほどに理解できない。

けれど今この瞬間は――そんな彼女の盲目的な肯定が、ただただ心地よかった。

ハナコはゆっくりと僕の横に座ると、自身の腿《もも》をぽんぽんと叩《たた》いてみせた。

「さあ。では、さっそくこちらへどうぞ」

「……なにそれ？」

「もちろん膝枕ですよ。泣きたい時には、誰かに甘えるのが一番なのです！」

「は……はは、良いの？　どさくさに紛《まぎ》れて、お尻とか触っちゃうかも……よ？」

「ふふん、むしろ望むところです！」

……なんだそれ。

相変わらずの発言に苦笑が漏れる。

たった一日でここまで僕の本質を知られてしまえば、いまさら恰好《かっこう》の良《よ》し悪《あ》しを気にしても仕方がない。だからこのまま彼女に甘えるのも悪くはないだろう——が。

「ありがとう……うん。でも、その前に一つやることがあるんだ」

大切な女の子の亡骸《なきがら》を、このまま野ざらしにしておくことなんて出来っこない。

いつの間にか軽くなっていた腰を上げ、僕はその方へと足を進めた。

5

寒々とした風に乗り、線香の匂いが頬《ほお》を撫《な》でる。

春は出会いと別れの季節と言うけれど、春を象徴する桜はそのほとんどが散ってしまい、また予期せぬ訃報《ふほう》とあっては、この場へと参列した者たちの表情は総じて硬い。

愛された彼女の告別式は、ナノハ第五地区の寺院にて粛々と執り行われた。

平日の昼間という事もあり斎場には生徒などの学校関係者が目立ったが、火葬場へのお見送りが済んだあとの境内には、老若男女問わず喪服姿が多く確認できる。

その誰もが身を寄せすすり泣く声を漏らしたり、思い出話に花を咲かせたりと、彼女との別れを惜しんでいた。

そんな光景を前に、僕は自身の罪を見せつけられているようで……堪《たま》らず背を向けた。

ポッケに手を突っ込み、逃げるように玉砂利を踏み、石造りの階段を降り切って、

「――やあ、緋野《ひの》くん。もう帰っちゃうのかな？」


敷地内と道路を分ける境目に、少女が待《ま》ち惚《ぼう》けたように立っているのに気が付いた。

いつも通りの制服に、いつも通りに結んだ髪。唖然《あぜん》とする僕を見上げては、どこかおかしそうに苦笑を浮かべている――柊《ひいらぎ》トモリがそこにいた。

「……うん、そろそろお腹《なか》も減ったしね。委員長は……もう、暫《しばら》くいるのかな？」

「ううん。わたしもね、そろそろ行こうかなぁって思っていたところなんだけどさ」

委員長は言葉を切ると、風に靡《なび》く髪を抑え、寺院の外へと目を向けた。

「パパがね、退院したばかりなんだから無理しないようにって。これから車で迎えに来てくれるんだって。もう痛くもなんともないのに、なんだか大げさだと思わない？」

「はは、それにはちょっと賛同できないかなぁ……。たった一日とはいえ、昨日まで昏睡《こんすい》状態だったんだし。今日だって本当は、家で安静にしていた方が良かったんだよ」

「えー、流石《さすが》にそうはいかないよー。スミレ先生にはお世話になったんだし。それにわたし、フツーに元気だからね？」

不服そうに顎を引くと、委員長は力こぶを作るように両腕を上げてみせる。

そんな姿は教室で見るものと変わらない、いつも通りの明るい委員長だ――けれど。

「……そっか」

僕の方はいつものようなジョークを言う気にはなれず、ただ苦笑いを浮かべるしか出来なかった。

なにせ彼女は――確かに一度、死んでいるのだから。

こうして顔を合わせ再び喋《しゃべ》ることが出来るのは、もうほとんど奇跡みたいなものだろう。

人が簡単に死んでしまうことを知っているからこそ、僕はあの夜、彼女の死を断定してしまった。けれどハナコは、僕が逃げ出した後に蘇生《そせい》処置を施していたのだ。

結果は上々。もし彼女がいなければ、それこそ僕が数日前に殺したスミレ先生のように、委員長もまた人知れずこの世から去っていたのだろう……。

だからハナコには、感謝をしてもしきれない。

「もぉ、緋野《ひの》くんまでそんな顔して〜！　二人とも心配しすぎだし、コレだってちょっとボールが当たったくらいで大げさなんだよー！」

幸運を噛《か》み締めていると、委員長は不満げに自身の首を指さした。

細く白い首にはこれまた白く真新しい包帯が巻かれているが、今朝教えてくれた話では、その下には痣《あざ》が出来ているらしく、曰《いわ》く「野球ボールが直撃した」とのことだった。

……ああ、そういえば幸運なのはもう一つあったっけ。

一時的な酸欠状態によってどうやら記憶障害が起きたらしく、彼女に襲われた前後の記憶は残っていないらしい。気付いたら病院のベッドの上で、枕元にいた父親より「将来を有望視された高校球児の投げたボールが首に当たり、トモリはその衝撃のあまり転んで頭を打って気絶したんだ」と教わったらしい。

なんて無茶苦茶《むちゃくちゃ》な……。事実を知っている側からするとそんな説明には苦笑いを浮かべたものだが、あえて訂正する必要はないだろう。

首を絞められ死んだ記憶なんてのは、無いほうが良いに決まっているのだから。


「じゃあ、またね」

「うん、また明日学校《あした》で」

過剰な心配は本気で怒られてしまうような気がして、迎えが来るまで一緒にいることはやめておいた。そうやっていつも通りの挨拶をして、僕は委員長と別れ歩き出す。

顔を合わせ、声を聴いて。やっぱり僕は彼女が好きだと思った。けれどこの感情が友人に向けるものなのか、あるいは初恋なのかどうかはやっぱりよく分からなかった。

……まあ、でもそれで良いのだろう。

たとえ僕と結ばれても、相手が人殺しでは彼女は不幸にしかならない。

僕が捨ててしまった平穏な日常を、彼女から奪って良いはずがないのだから……。

それに今の僕は、恋愛にうつつを抜かしている場合ではない。

この瞬間にも、《亡霊》は目障《めざわ》りな《死神》を消そうと目論《もくろ》んでいるだろう。

……ああ、上等だ。

不用意に近づいて来た際には、逆にその首を僕が掻《か》き切ってやる。

だから早く殺したくなるくらい目障りに、ササカベの脱走について調べでもしながらその時を待っておこう。

05 間奏曲～interlude～こころの仮面

人を殺した夜は、いつも同じ夢を見る。

何年経《た》っても色褪《いろあ》せないその夢は、声も、匂いも、味も、当時の光景を忠実に再現し、まるで立ち止《ど》まることを許さないように、己の目的を再確認させるのだ。


「おじさんはな、乳のデケェ女が好きなわけよ」

教科書ではち切れんばかりに膨らむランドセルを背に自宅へと帰ると、畳の上で酒を呷《あお》る父さんはいつもの調子でそんなことを言った。

ああ、またくだらないことを言ってるなぁ……なんて、僕はそんな風に溜《た》め息《いき》をついて。

自室に鞄《かばん》を置きに行き、冷蔵庫の麦茶で一口のどを潤して。

そうして遅れて、父さんの腹部が血に濡《ぬ》れていることに気が付くんだ。

「……え？　なに、それ……？」

「見りゃわかんだろ。これがおじさんの、こだわりを持って生きた結果だ」

「いや……わっかんねぇよ！　は、早く……なんで救急車呼ばないんだよっ!?」

訳も分からず叫ぶ僕に、しかし父さんはヘラヘラといつもの調子で続ける。

「チビ、お前にはいつも〝男ならこだわりを持って生きろ〟って言っているよな？　女に優しくするでも良い。いじめは許さないでも良い。一度決めたことは最後までやり通すでも良い。大事なのは、信念をもって生きることとさ」

「なにを、言って……」

そう、なにか遺言めいた言葉に、幼い僕も薄々感じとっていた。

理由はわからないけれど、この人はもうじき死んでしまうのだと……。

けれど僕は動くことが出来ず、その言葉にただ耳を傾けることしか出来なくて。

「そんじゃあ、まぁ。ちょっくら行ってくるわ」

「行く、って……どこに？」

「んなもん医者に決まってんだろ。腹から血ぃ出てんだからさ」

ふらふらと危なげな足取りで立ち上がると、父さんは唖然《あぜん》とする僕の横を抜け、まるでコンビニへ出掛けるみたいな感覚で玄関を跨《また》ぎ——

「ああ、そう言えば一つ言い忘れてた。このさき信念を貫こうとした結果、壁にぶち当たり足が竦《すく》んでしまうような時だってあるだろう。そういう時は前に教えた言葉を思い出せ。のくたーんたたんたんたんたたん——ほら、口にするだけで楽しくなってくるだろう？」

じゃあ、またな……と。それっきり。

背を向けたまま最後にそう言えば、僕はもう二度と、その姿を見ることは無かった。

――それから一週間が経《た》ち、二週間が経ち。

父の死を受け入れられず塞ぎ込む僕の元へ、父さんの知人を名乗る男が現れた。

その人曰《いわ》く、父さんは《白狼《はくろう》》と呼ばれる裏社会でも有名な殺し屋で。その活躍を妬まれ、《亡霊》と呼ばれる者に消されてしまったのだと……。

金のために人を殺していたんだから、それで殺されても文句は言えない。

自業自得《じごうじとく》の、因果応報ってやつだなって……そう、思ったんだけどさ。

いくら褒めるところのない人でも、父さんは男手一つで僕を育ててくれた唯一の肉親で。

息子である僕は、大好きな父さんと、父との日常を奪われた不条理を許すことが出来なかったんだ。

そうやって、僕の復讐《ふくしゅう》は幕を開けた。

ボスに銃を教わって、父さんから受け継いだ仮面を被《かぶ》って――初めて人を殺して。

後悔して、後悔して、後悔して……。死ぬような目に合っても、けれど復讐を諦めることなどできなくて。

身も心も強くなるために、都市伝説の《仙人》から効率的な殺し方を学んだりもして、

その力で実際に殺して、また学んで、殺して、殺し続けて――そんで五年。

辛《つら》いことはたくさんあった。

逃げ出したいと思ったことだって一度や二度では済まなかった。

……けれど、涙だけは意地でも流さなかった。

泣いたら復讐《ふくしゅう》は叶《かな》わないと、そうやって僕は笑うようになったのだ。

のくたーんたたんたんたんたたん。

のくたーんたたんたんたんたたん。

06 夜想曲～nocturne～例えばそれは、束の間に追想する話

1

「ユズちゃんわぁ、タマを潰せば良いと思うのぉ～」

週末の昼下がり。今日も今日とて賑《にぎ》わいを見せるメイド喫茶『あんこキャット』にて、ウズラの卵がごろごろと入ったカレーをつついていると、従業員一豊満な胸を持つメイドさんが柔らかな笑みでそう言った。

メイドリーダーのアイさん。

常連より『ママ』と呼ばれ愛される彼女は、その呼び名の元となった豊満な乳房と癒《いや》し系《けい》の顔を合わせ持つ、僕がここへ出入りし始めた当初より在籍する古株だった。

「えーっと……？」

突然投げ掛けられた言葉に、僕は食べる手を休め考えてみる。

タマを潰す——と。

一聴それは睾丸《こうがん》を潰せみたいなニュアンスだが、実際のところはどうであろう。

名目上従業員となっている僕だけど、現在はテーブルに座るお客様。流石《さすが》にそんな高度

なSMプレイみたいなことは言うわけがない。

となればこれは、いわゆる言い間違いというものだろう。

とりわけ今回の場合は、『タマ』がポイントのような気がする。

タマ、タマ、と軽く周囲を見渡して、僕の手元にそれらしいものが見つかった。

「あ、もしかして卵のこと？　卵を潰した方が美味《おい》しくなる、みたいな」

「ううん、去勢だよぉ～」

「まさかのドストレートな意味だった⁉」

未使用のそれをいきなり潰せとは、流石《さすが》にプレイが過ぎる！

曲者《くせもの》ぞろいのメイドの中では比較的まともなお姉さんだと思っていたのに、一体全体どういうことだろう。

「ちょ、ちょっと待ってよアイさん！　なんで急にそんな話になるのさ⁉」

「え～、だってユズちゃん浮気したでしょ？　あたし聞いたよぉー？」

言いながら、アイさんは自身の背後を振り返った。

その視線の先を辿《たど》ってみれば、やや離れた物陰よりハナコが顔を出している。

「……なるほどね」

こちらの様子を恨めしそうに窺《うかが》う彼女から、理由にはおおよそ察しがついた。

ハナコの事だ、きっとあることないこと吹き込んだのだろう。アイさんは純粋にもそれを信じ、穏やかな口調のため分かり辛《づら》いが怒っているのだ。

それこそ、勤務中にもかかわらず僕へと苦言を呈するほどに。

まったくハナコは仕方がないなぁ……。この五年間、付かず離れず無害な弟キャラとして接して来たというのにこれでは台無しだ。速やかにその誤解を解くとしよう。

と、そんなことを悠長に考えていれば、

「あっ、はーい。ただいま参りまぁ～す」

「……え？　あ、ちょ、ちょっとアイさん⁉」

タイミング悪く他のご主人様にお呼ばれし、アイさんは五つ隣のテーブルへと行ってしまった。引き留めることも出来ずやむなくその背中を見送ると、今度は入れ替わるように金髪のメイドがやって来た。

「あのさぁキミ、平気で嘘《うそ》教えるとか心が痛まないの？」

「う、嘘なんて言っていませんよ⁉　しに……じゃなくてご主人様！　おととい私以外の女の子とデートしていたじゃないですか！」

すぐさま抗議の目線を送ると、ハナコはぷんすかと不服そうに頬《ほお》を膨らませる。

そんな怒り顔に、僕はああ、と言わんとすることを理解した。

確かに僕は、先日とある女性とふたりで食事をしている。

が、しかし彼女は組織に縁がある〝情報屋〟であり。僕が彼女に会いに行ったのは、依頼した『ササカベ＝ジョージィ脱走事件』についての結果を聞くためだった。

待つこと半月。結果は——正直、芳《かんば》しくはない。

食事にメモを隠したと思われる者は特定できたものの、その者はササカベの脱走前日に失踪。以降、《亡霊》の痕跡はぷっつりと途絶えてしまったらしい。

そんな報告は、まあ予想通りではあった。

元よりその周囲を嗅ぎまわることで挑発することが目的であったし、その事に関してはバディである彼女と共有をしていたのだけど——。

「デートはデートですっ！　私だってご主人様とお出掛けしたいんですけど⁉」

と、この通り。

あの日から半月ということは、彼女と出会ってからもそれだけの時間が経過しているわけであるが、彼女の愛は一層深まるばかりで他の女性に対する嫉妬が凄《すさ》まじい。

件《くだん》のデートだって直接的な邪魔こそしなかったものの、こっそり後を付いて回っては物陰から監視していたのだ。出るとこ出ればストーカーだよ、ほんと……。

これでいて自分を、かのジャンヌ・ダルクと同一人物だというのだから驚きだ。

その名をハナコより聞いたあと、僕は最低限の知識しか有していなかったため調べたのだが、それはもう凄《すご》い経歴の人だった。

ジャンヌ・ダルク――またの名をオルレアンの乙女。

幼き頃にたった一度だけ聞いた神の声を信じ、見事救国の偉業を成した彼女は、この世で最も敬虔《けいけん》なる信徒だと言っても過言ではないだろう。

――ただ一つ、そんな彼女がなぜ悪魔と取引したのかは疑問が残るが。

それでも勇敢で尊敬に値する人物だと、僕は純粋にそう思った。

「あっ！　お出掛けするのが嫌なら、ご主人様の部屋でデートでも構いませんよ？　その場合、貞操は保証できませんですがね！　うぇっへっへ」

……そう、思ったんだけどなぁ。

殺せず、惚《ほ》れられ、付《つ》き纏《まと》われ。彼女と過ごせば過ごすほどその在り方は救国の少女像とかけ離れていく――。

ジャンヌ・ダルクに関する文献には、

『人を惹《ひ》き付《つ》ける力を持っていた』

『常人では思い付かないような作戦を立案、実行した』

『首に矢傷を受けても翌日には戦場に赴いていた』

など、確かにハナコとの共通点はみられるものの、正直、五分五分だ。

写真は疎《おろ》か肖像画も残されていない六百年前となれば判断材料になる証拠はないし、やっぱり口からデマカセなんじゃないかなー？

「はあ……悪いけど、家には絶対に入れないからね。何度も言っているようだけど、僕とキミはそういう関係じゃないんだからさ」

緩みきった顔で下卑た発言をするハナコに、僕はハッキリと拒絶の意を示した。

とりわけ彼女が嫌なわけではない。過去を語ったあの夜から、僕にとってハナコは名実ともに頼れるバディであり、守るべき対象の一人になった……。

けれどそれを踏まえた上で僕は拒否をする。たとえその想《おも》いが本物であろうと、人殺しの僕を好きだと言われても応えることなどできないのだった。

「ったく、フロアで騒いでんじゃねぇぞアホ共が」

「……え？　あ、ボス」

やや険悪な雰囲気が流れ始めると、それを仲裁するようにボスがやってきた。

サングラスにオールバックヘアと、相変わらず脛《すね》に傷を持つ者のお手本みたいな風貌をしており、全体的に淡い色合いをした店内でその存在はかなり浮いている。

滅多《めった》に事務所から出てこないのに、今日はどうしたのだろう？

珍しいこともあったもんだなぁ……と。そんな風に僕が訝《いぶか》しんでいると、ボスは向かってくる歩みを止《と》めず、丸椅子に座る僕にゴツゴツとかくばった手を伸ばし、瞬間――僕の頭蓋は、みしりと悲鳴を上げる。

「痛《い》たぁあああああぁぁぁっ!?　ちょ、ボス、急に何を……ッ！　僕の頭はリンゴじゃないんですけどぉおお!?」

「……うるせぇ黙れ。フロアでは『店長』だって言ってんだろクソガキ。その出来の悪いミソに直接教育してやるから、ちょっとお前らこっち来い！」

「わかっ、わかったから手を離してくださいよ！　ほんと割れちゃうから！　さっきからヤバい音なってるから！　ちょ、聞きいてんのか筋肉ゴリラぁああ――っ！」

注目を浴びるのも構わず、僕はそのまま店の奥までずるずると引きずられていく。

そんな異様な光景に客は奇怪なものを見るような目を向けてくるが、メイドさんたちは「まぁたやってるなぁ」なんて微笑《ほほえ》ましそうな笑みを浮かべるばかりで……。

あれよあれよという間に僕とハナコは事務所までやってきていた。

「っ……こんな無理やり連れて来て、今回の殺しはそんな急ぎなんすか？」

解放された僕は痛む頭に手を置き、恨めしく睨《にら》み上げ開口一番に問う。

騒いだのなんだの注意するくらいでボスは直接僕のところには来ない。何よりハナコがセットというのはほぼ間違いなく《死神》への仕事だった。

ボスは窓際の定位置に腰を下ろすと、胸ポケットから取り出した煙草《たばこ》に火を着ける。

「急ぎではあるが、今回のは殺しが目的じゃねぇ。ちょっとした使いってやつだな」

「使いー？」

妙だな。僕は殺し専門で、記憶の限り今までそんな仕事は無かったはずだけど……。

予想外の言葉にオウム返しすると、ボスは引き出しから長方形の小包を取り出した。

簡素なラッピングが施されたそれは、ごく一般的なショッピングモールのものに見える。

が、まさか白い粉とか入ってないだろうな？

「なんすかそれ。まさか運び屋をやらせようってんじゃないでしょうね？」

「ハッ、悪いがそのまさかだが」

「だったらパスですよパス！　ただの届け物なんて僕が出る必要ないでしょうよ！」

「……そりゃあただの届け物なら、な」

サングラスのブリッジを指で押すと、ボスは意味深に説明を始めた。

曰《いわ》く、依頼人はそれのため二億もの前金を積んだらしい。

中身が何なのか検討もつかないが、その情報だけで小包にはもの凄《すご》い価値があるのは明らかで――故に失敗は許されず、場合によっては間者との死闘さえ起こりうると――裏社会でも相応の実力と信頼のある《死神》を名指しで依頼されたのだという。

「で、どうするんだ？」

受けるか、受けないか。その選択を、ボスはいつものように僕に委ねた。

さてどうするか。名指しで依頼されるのは特別珍しい事でもないが、二億の前金と言うのはやや引っ掛かりを覚える。

あれからから半月――。

ついに《亡霊》が仕掛けてきた可能性があるならば僕に受けない理由はない。

「まあ、いいっすよ……。急ぎだってなら今から行ってきますし、それで取引場所ってのはどこなんです？」

「第七地区だな」

「はあ、第七……。なんだけっこう近いんすねー」

あんこキャットのある第五から第七までの移動時間はおおよそ八十分と言ったところか。

イレギュラーが起きなければ、日帰りで依頼達成というのも可能だろう。

「えっ、第七地区ですか⁉　第七といえば、日本を代表する温泉街ではないですかぁ！

今から死神さんとそんな場所に行けるだなんて楽しみですね〜」

――そう、イレギュラーさえ起こらなければ。

「いや楽しみてキミね……。ちゃんと話を聞いていたのかなー？」

ハナコとバディになり早いもので半月が経《た》つが、その間に受けた依頼は七件。彼女の奔放さに振り回されつつも幸い大事には至らなかったが、今回はいつもと勝手が違うのだ。

緊張感の無い発言に非難の眼差《まなざ》しを送ると、返って来たのは得意げな笑みだった。

「もちろん聞いていましたよ？　ですが仕事と言っても、荷物を指定の場所で渡せば終わりではないですか〜。それなら時間は掛かりませんし、あとは自由にしたって構わないはずです！　ね、そうですよねボスさん？」

「……任務の後のことは知らん」

「ほら〜！　ね、これで決まりですよ！」

「いや何が？？？」

僕抜きで勝手に決めないで欲しい。

ボスは彼女への対応に、「諦める」という処世術を選択したらしいが、結果的にそれは許可を出したのと同義であり――。

ハナコは僕の腕にまとわりついて来ると、心底嬉《うれ》しそうな笑顔で言った。

「もちろん、お泊まりデートですっ！」

2

コトコトと電車に揺られること一時間。

車窓から覗《のぞ》く光がオレンジになってくる頃には近代的な人工物はすっかり姿を消し、目的の駅で降りれば途端《とたん》に硫黄《いおう》の香りが全身を包み込んだ。

ナノハ第七地区――。

そこは三十平方キロメートルと、七つに区分されたナノハでは最も小さいものの、海外からの知名度は群を抜いて高いらしい。

その理由はなんといっても、天然の温泉が涌《わ》き出《で》る此処《ここ》『リュウゲ坂・温泉街』にあり、その昔、龍《りゅう》から抜け落ちた髭が温泉を掘り起こした……なんて逸話が残されている。


「わぁ、なんだか懐かしい感じですねー」


そんなリュウゲ坂に降り立つと、ハナコは途端に感嘆の声を漏らした。

「懐かしいって……。あれ、もしかして前にも来たことあるの？」

「いえいえ、この場所は恐らく初めてなのですがー。百年か二百年くらい前に、日本へ来た時にはどこもこう似たような景色だったなぁと」

ハナコの説明に、僕は改めて周囲を見渡してみる。

臙脂《えんじ》に照らされた建築物は木や瓦など古き日本を思わせる造りをしており、道行く人々の格好も殆《ほとん》どが浴衣であることから、確かに時代を遡ったような感覚になる。

たまに忘れそうになるが、ハナコは不死であり不老だ。

推定年齢は六百近く、実際に江戸時代を目にしていてもおかしくはない……のだけど。

きょろきょろと興味深そうに頭を動かす姿は、むしろ外見よりもずっと幼く思えた。

「あっ、見てくださいユズリハさん！　温泉が練り込まれたお饅頭《まんじゆう》ですって。どんな味がするのか気になりますよこれは！」

「あー……うん。それなら帰りにおみやげにでもしようねー？　さ、早く温泉行こっかーハナコちゃん」

「ふふっ、もう！　ユズリハさんは相変わらずエッチですねぇ～」

「あははっ、温泉は男女別だと思うよー？」

目的はあくまでも、小包の受け渡しだ。

のらりくらりと会話の主導権を握りながら、僕はハナコをゴールへと誘導していく。

周囲に溶け込むため〝旅行にやって来たバカップル〟という体で作戦を立てたのだが、どうも彼女マジらしい。緊張感や演技なんてものは一切感じられず、その横顔は観光旅行を楽しむ少女のようだ。

「っと……あそこ、かな？」

そんな他愛《たあい》もない話をしながら大通りの坂を中腹まで上ると、それまでのものとは一線を画す建物が姿を現した。

塀に囲まれた広大な敷地には豪華絢爛《ごうかけんらん》、見上げるほどに立派な旅館が鎮座している。

これまた立派な門扉《もんぴ》には看板代わりに龍《りゅう》の絵が彫られており、武家屋敷のような趣には思わず委縮し足が止《と》まるようだ。

「こんな素敵な場所に泊まれるのですかー！　依頼人さんは太っ腹ですね～？」

「そうだねぇ。官僚なんかが利用することもあるらしいし、ちょっと場違い感あるよなぁ」

朝晩に出される料理は料亭並みに力を入れているとか、部屋に個別の露天風呂があるとか、あまりの人気に予約は半年先まで埋まっているとかなんとか。

思わず足が竦《すく》むようだが、荷物の受け渡しはこちらの旅館内で行われる手筈《てはず》になっているためそうも言ってはいられない。

「そっかぁ、ここで死神さんと一夜を……うふっ」

「…………」

何やら欲望を漏らしているハナコを無視し、僕は先導するように敷居を跨《また》いだ。

仲居さんの案内のもと通されたのは、二人で使うには余りある広い和室だった。

間取りや家具や小物など一般的な旅館とそれほど相違ないものに見えるが、これは僕が審美眼を持ち合わせていないだけであろう。

「さて、と……。少し早く着いちゃったかな?」

荷物を下ろし時計に目をやれば、約束の時刻までは二時間ほど余裕があるようだ。

依頼では、指定の時刻に五つとなりの部屋を訪れる手筈《てはず》になっている。いくら早く着いたとはいえ大事な荷物を持って外をうろつくというのは気分的に躊躇《ためら》われるし、ここはおとなしく待機が最善であろう。

「ところでユズリハさん」

手持ち無沙汰から座椅子へと腰を下ろすと、ハナコは何故《なぜ》かすぐ隣の畳に膝をつき、どこか悪戯《いたずら》っぽい笑みを浮かべた。

「んー? 部屋には不審な点は無さそうだし、もう呼び名は戻していいからね」

「はい、では死神さん。日本では昔、混浴が主流だったというお話はご存じですか?」

そりゃあまあ、有名な話ではあるだろうけど……。

なんとなく話のオチが読める気がするが、暇であるし一先《ひとま》ず付き合ってみるか。

「確か歴史の授業で習ったかな……。黒船のペリーみたいな、海を越えてやってくる外国人が『大衆の面前で異性が肌を晒《さら》し合っているのはおかしい』って軒並み非難したことで、当時の政府がこれはいかんぞって禁止したんだっけか」

「はい、その通りです! 本来日本人にとって裸というのは意識するような文化でなかったはずなのに、外の世界を気にするあまり『恥』という概念が生まれてしまったわけです。隠されれば見たくなるのが人の性《さが》というものですし、ある意味、現代日本のエロスというのはペリーさん一行が作ったと言っても良いのかもしれませんね！」

「……へぇ、面白いなそれ」

かつて夜這《よば》いという文化があったとかいうし、思えば日本は性に対しては大らかな国だったんだよな。それがいつしか禁止され、恥になり、エロスを生んでしまった――と。

そんなハナコの説には一理ある。

「確かに僕も、誰かに駄目だーって言われると却《かえ》って気になったりしたくなったりする事ってあるかもなぁ」

放課後の買い食いしかり、髪染めしかり、一時間以上のゲームしかり。

抑圧され、悶々《もんもん》と手の届かなかったころが花と言うか……。年齢を重ね自由が増えた今、あの頃の興奮と達成感はもう二度と味わえないだろう。

「あー、そういうのを確かカリギュラ効果と言うらしいですよ」

「……カリギュラ効果？　ふうん、キミってけっこう博識だよね」

「いえいえ、こんなの偶然知っていただけですよ。というわけで死神さん、今から私とお風呂に入りませんか？　拒否されてしまうと何としてでも一緒に入りたくなります！」

「……うん、長いわりに随分と雑な前フリだったな！」

アレもしかすると僕の思い違いだったかなぁ、なんて反省しはじめていたところだよ！

立ち上がり叫ぶと、ハナコはそんな僕を見上げ途端《とたん》に顔をほころばせた。

「まあ！　私の気持ちがわかるだなんて死神さんもそのつもりだったのですね？　ついにその気になってくれて私うれしいです！」

「全くもって違いますけど？？？　混浴がどうのって言った時点で考えが見え透いていたけど、分かった上で話を合わせてあげていたんですぅ！」

「……あら、そうだったのですか。ではこんな回りくどい話はせず、初めから素直に言えば良かったですね。ではどうぞ死神さん、抱いてください！」

「抱くか――ッ！　そんな綺麗《きれい》な目で見上げても断固拒否する!!!」

「んんんんっ、それではカリギュラ効果で――すっ！」

ハナコは声を上げると、同時に膝をバネのようにして僕の腰に纏《まと》わりついてきた。

くっ、このまま押し倒そうとでもいうのか!?

全体重をかけた突進に、僕の足元は不安定になる……が、なんのその。

「な、ちょ――むぎゅ!?」

体勢が崩れるのを利用し僕はくるりと一回転。後方へ倒れこむようにして投げ飛ばせば、ハナコは頭からゴンッと壁へ激突し、そのまま動かなくなった。軽い脳震盪《のうしんとう》であろう。

「……あー、もしかして今がチャンスか？」

任務とは言えせっかくの高級温泉旅館。貞操を狙う者と同じ部屋となっては半ば諦めていたものの、当の性獣は現在、意識を失っている。

ちょうど時間をもて余していたところだし、そうとなれば悩む時間がもったいない。

善は急げ——と、僕は念のため収納より取り出した浴衣の帯で眠れる少女の手足を縛りあげておく。入浴中に意識を取り戻した時の保険だ。

念には念を最後に目隠しも施し、僕はそうして速やかにベランダへと出た。

「おー、こりゃあまさに露天風呂って感じだなぁ〜」

特有の香りと湯気が立つそれは岩をくりぬいたような本格的な造りであり、十数人が両足を広げられそうなほどゆとりがある。また夕暮れと言う時間帯が良かったのか、地平線に伸びる赤と青のコントラストがなんとも美しい。

絶景を前に僕は辛抱堪《たま》らずその場に衣類を脱ぎ捨てて、

「……っと、いけないいけない」

今はあくまでも任務中。大事な小包は桶《おけ》の中に入れ、タオルで蓋をし、僕は最善の注意をしながら湯の中へと足を投げ出した。

「んん〰〰〰〰〰〰〰っっ！」

瞬間的に、全身へ心地よい熱が染み渡る。

特別お風呂が好きという訳ではないが、自然の多い中で惜しげもなく手足を伸ばし脱力できるこの場所は、他のなにものにもたとえられない多幸感をもたらしてくれる。

特にここ半月あまりは心休まる時が無かったし、恩恵は効能以上だろう。

「わあ、気持ち良さそうですね～？」

「いやもう最高だよ。心が洗われるようってのはこういうことを言うんだ……ね？」

ふと顔を上げると、湯船の縁に全裸のハナコが立っていた。

辺りには白い湯気があるものの視界を覆うほどではなく、ツンと形のいい乳房や、うっすらと割れたお腹《なか》に、陶器のような美脚まで全て丸見えである。

……いや、なんで？

訳が分からず言葉を失えば、ハナコは腰まである金髪を勝気に揺らし、

「ふっふー、これで二度目ですよ死神さん！　私を捕まえたいのならば、口もきちんと縛っておかなきゃ駄目じゃないですかぁ～！」

「なっ……！　わ、わざわざ死んだってのかお前ぇぇえ⁉」

今から半月前──。

脱出不可の荊棘《けいきょく》の枷《かせ》〈アンカー・バレット〉を、舌を噛み切ることで攻略されたのは記憶に新しい。それと同じことが行われたというのならば、つまり今現在、部屋の中にはグルグル巻きになった少女の死体があるわけで……。

「って！　もし誰かが間違って部屋に来たらどうするつもりなのさ⁉」

「ああ、それでしたらご心配なく！　きちんと押し入れに仕舞《しま》っておいたので、一時間もすれば綺麗《きれい》さっぱり証拠も残りません。完全犯罪ってやつですね、えへへっ」

「えへへっ、じゃない！　可愛《かわい》く言っても発言の物騒さは隠し切れないよっ！」

とんだブラックジョークだ。

自分の死体を隠蔽するようなやつは、きっと後にも先にもキミだけだろうよ。

「というわけでお邪魔しますね～？」

「な、何がという訳なのさ⁉　それ以上近づいたら大声で人を呼ぶからなっ！」

「あはは嫌だなぁ、そんな全力で拒否されてしまうと流石《さすが》の私も傷付きますよー？」

手をわきわきとにじり寄ってきたハナコは、僕が拳を作り臨戦態勢に入った途端《とたん》、同情を誘うように目元をぬぐってみせた。

が、指の隙間からチラチラと僕の下半身へ目をやっていては説得力の欠片《かけら》も無い。

「信用できないと言うなら距離を取りますので、どうかお湯に浸《つ》かることだけはお許し下さい。暖かくなってきたとはいえ、このままでは風邪を引いてしまいますよ～」

「…………」

まあ、そこが妥協点だろうか。

別に僕は潔癖ではないし、その気になれば力づくで撃退するのも容易だしね。

僕が逃げるように対岸へと移動すると、ハナコは「ありがとうございます～」と礼を口にし、素早く湯船へと身を滑らせた。

「ん～～やっぱり日本の温泉は格別ですねぇ～。心が安らぐと言いますか……はふー」

……それに関しては同感だ。

と言いたいところだったが、こう見えても僕は健全な男子高校生なわけで。

異性と温泉で二人。血色が良くなり赤く染まった頬《ほお》や、濡《ぬ》れた髪が張り付く色っぽい首筋が視界の端に入る状況で落ち着けるハズがない。

だからだろう――。

「な……なあ、どうして悪魔と契約なんかしたんだ？」

まるでなにかを誤魔化《ごまか》すように、僕の口からはそれまで訊《き》いてこなかった疑問が漏れた。

正直、話題なんて何でも良かったのだ。

それはほんの世間話程度のつもりで……。あるいは彼女のことをもっと知りたいという好意の表れだったのだろう。

「その者は――自身を〝神の使いだ〟と名乗ったのです」

……失敗した。

その声を聴いて、僕は直《す》ぐに彼女の地雷を踏み抜いてしまったのだと理解する。

和やかな空気は一変。ハナコの顔からは笑みが消え、纏《まと》う雰囲気もいつもの彼女からは考えられないほど冷たく、どこか消え去ってしまいそうなほど弱くなり、

「神って……それは、例のお告げの？」

まるで追い打ちをかけるように。後悔や自制は好奇心によって流され、僕の口は止《と》まってくれなかった。

なぜならジャンヌ・ダルクの逸話で最も有名なのが『神の声を聴いた』という一節で、そのためにジャンヌは国を救い、裏切られ、火炙《ひあぶ》りにされた――だというのに。

まさかその神の声というのは、本当は……。

「あ、いえ。あの方々は間違いなく本物でしたよ。私が、その神の使いを名乗る紛い者に出会ったのは……。私が戦場に出て直ぐのことです」

小さく首を振ると、ハナコは遠くを見上げ思い起こすように話し始めた。

六百年前の戦禍を生きた少女の――裏切りと、後悔の物語を。

3

それは永い永い、後に百年戦争と呼ばれる争いのお話。

命は軽く、屈強な男が簡単に命を落とすような中。学は無く、剣も振れない、ただの農家の娘が一人混ざろうだなんてのは無謀過ぎる行いであった。

「ええ、なのであっさりと死んでしまったんです。流れ矢が首に当たって、そりゃあもう呆気《あっけ》ないものでしたよ」

救国は、ただの娘が成すには力不足だった。

致命傷を受けた少女はなぜ自分が倒れたのかも理解できぬまま、誰に看取《みと》られることも無く、ひっそりと短い人生に別れを告げる――。

そのはずだった。

「そんな折に、神の使いは現れたのです」

美しく凛々《りり》しい白い梟《ふくろう》。その者が天より舞い降りた瞬間は、まるで時が止まったように神々しく。

周囲から音が消える中、白き梟は瀕死《ひんし》の彼女《ジャンヌ》に一つの取引を持ち掛けた。

「失意の中とはいえ、私が悪魔の声に耳を傾けないのは分かっていたのでしょう。本当に狡猾《こうかつ》です……。それが二度目だったこともあり、私は簡単に騙《だま》されてしまいました」

少女は生きねばならなかった。

少女は使命を果たさぬまま死ぬわけにはいかなかった。

故に、その者に言われるがまま『子宮』と『神との縁《えにし》』を差し出して——


そうして非力な少女は、永久《とわ》の命を手に入れた。


「悪魔が正体を明かしたのは、取引が終わり、その奇跡に私が感謝したあとでした……。唖然《あぜん》とする私を嘲笑《あざわら》い、悪魔は彼方《かなた》の空へと飛び立っていったのです」

神を裏切ってしまった。決して許されることのない罪を犯してしまった。

戦場の中『魔女』として目覚めた少女は、自責の念に押し潰されそうになった。

……けれど少女は、止《と》まるわけにはいかなかった。

取り返しのつかないことをしたという罪の意識が、朽ちぬことのない不滅の肉体が、彼女にそれを許しはしなかった。

ゆえに少女は旗を振った。

せめてもの贖罪《しょくざい》に——指がひしゃげようと、頭が割れようと、眼球が潰れようと、多量の血が流れようと。構わず無我夢中に、絶対に折れない象徴としてあり続けた。

その結果どうなったのかは、歴史が証明している。

「悪魔のおかげ、と言ったら聞こえが悪いですが。不死の力があったからこそ使命を全うできたのは事実です。決して許されないことでも、私はフランスを勝利に導けたのだから、きっと……それで良かったのですよ」

裏切られたとは思わない。元より初めに裏切ったのは自分の方なのだから。

だから魔女だと石を投げられ、焼かれても——

それでも彼女は、最後まで笑っていた。

4

いつしか日は落ち、周囲は暗がりに包まれていた。

星を見上げ静かに笑うハナコの横顔に、僕の中にあった疑心は完全に消失した。

救国の英雄ジャンヌ・ダルク——彼女は確かに、その人なのだろう。

「…………」

けれど、言葉は見付からなかった。

口には出さずとも彼女が後悔しているのは明らかで。後悔しても、どうにもならなかったのは見てとれて。慰めの言葉は侮辱以外の何物でもないような気がして。

それが分かるからこそ、人殺しでしかない僕に何かを言うことなどできる筈《はず》がなかった。

「まあ、こんなつまらない話は良いのですよ！　なので死神さん、どうかそんな顔をしないでください」

山の呼吸すら聞こえてくるような静寂に、ハナコはいつも通りの笑顔で言った。

碧《あお》い瞳はどこまでも澄み、真っすぐ、愛《いと》おしいモノでも見るように僕を捕らえていて、

「でも――」

「全ては過ぎた話ですし、それに悪いことばかりでは無かったのですよ？　本来であれば一生分しか味わえない幸福を、私は人の何倍も手にしているんです。実際、もしあの日死んでいたら私は死神さんに会うことも、こうして一緒にお風呂に入ることだって出来なかったわけですよ。いやー、もう幸せ過ぎて死んでしまいそうですね～！」

「……なんだよ、それ」

あまりのバカバカしさに、僕は思わず笑ってしまった。

強いなぁと思った。それでいて、良い女だなぁ……とも。

そもそも六百年も経《た》っているんだ。後悔や苦悩なんてものには折り合いをつけていてしかるべきで、たった十数年しか生きていないガキが口を挟む必要なんて無かったのだ。

「……じゃあ、次は何をするんだ？」

「はい？　何って、もしかして死神さんがお願いを聞いてくれるということですか？」

「ん、いやまぁ……別にそれでも構わないけれど」

任務が終わったら何をしたいか、と聞いたつもりだったのだが良いだろう。

今の僕は、なんとなくハナコに優しくしたい気持ちなのだ。

「あ、じゃあじゃあ、死神さんの胸を触らしてくださいっ！　先程からチラチラと引き締まった筋肉が視界に入っては興奮が収まりません！」

「………」

前言撤回。

隙を見せれば直《す》ぐこれだ、ほんと毎度のことながら頭が痛くなる……。

「あのさぁ……普通そういうのって、男が女に言うものじゃないの？」

「む、何を言いますか死神さん。女の子だってちゃんと男の子の身体《からだ》が気になるものなのですよ？　それが意中の相手とあっては尚更《なおさら》のこと。ああ、不公平だっていうなら私の胸を揉《も》んでも構いませんよ？　触りっこするのも楽しそうです！　さあ、どうぞ！」

「どうぞ……じゃないよっ！　どうしてキミはいつもそう――あ、コラ手を広げるな！　ちゃ、ちゃんと隠せぇ！　というか地味ににじりよってくるんじゃあない！」

と、それは僕がハナコに対して防御態勢を取った時だった。

「失礼しまーす、お客様ぁー？」

「……え？」

あまりにも突然だった。

不意にカラカラとスライド式の戸が開いたかと思えば、そこには二十前後と思われる若い仲居さんが立っていて。どこか勝気な笑みを浮かべては、音の無い足取りで浴場までやってくる。

許可もなく部屋に入るのは、露天風呂まで声が聞こえなかったからだとして……。

問題なのは、彼女の首から上であった。まとめられていないショートヘアに、インナーカラーの入った髪色は、趣を大事にする旅館の従業員としては異質。

加えてこれは殺し屋の直感というか――。

彼女の纏《まと》う空気が、常人が持つそれよりも鋭く洗練されているように感じられたのだった。

「あ、えっと……？　も、申し訳ありません。もしかして五月蝿《うるさ》かったでしょうか？」

「いえいえご心配なく。何が起きても良いよう、既に人払いは済んでおりますので～！」

「――――っ！」

違和感を覚えた時点で動くべきだった。

気付けばお姉さんの手にはアイスピックのように細い短剣が握られていて――警告する暇もなく、不用意に近付いたハナコはその喉元を鋭い切っ先で突かれる。

肉を裂いたのはほんの数ミリに見えた。素早く抜き差しされた剣先は少しも汚れておらず、実際ハナコの白い肌にも出血はない。

「あっ……ガッ……？」

だというのに――。ハナコは喉元を抑えたままビクリと電流が走ったよう身体《からだ》を痙攣《けいれん》させると、そのまま顔から水面に倒れ込んだ。

大きく上がった飛沫《しぶき》のあとには、うつ伏せのまま起き上がらないハナコの背が見え――。

それが〝毒〟であると、僕は瞬時に悟る。

それも斬るのではなく突くことに特化した刃《やいば》は、携帯性も俊敏性も高く、卓越した身のこなしからみても僕と同じ殺し屋だ。

「さぁ、お次は貴方《あなた》のば――ん？」

標的が切り替わる前に、僕は既に水面を駆けるように動いていた。

得物の無い状況は圧倒的に不利で、だからこそ僕は――逃避を選ばない。

「なっ、なんでこっちに来っ――きゃあぁあああ!?」

気付いたところでもう遅い。

わずか一秒。それだけの時間があれば距離を詰めるには十分であり、得物を持つ手を蹴り上げてやれば、短剣は回転しながら湯船の中へと飛んでいく——。

一番の障害は取り除いたが、しかしまだ油断ならない。

完全なる無力化のため僕はそのままの勢いで彼女の足を払う。するとお姉さんはあっさり転倒し、僕によって地面に組み伏せられた。

おまけのおまけに抵抗の意思を奪うため、すぐさま両肩を脱臼させてやれば、

「痛ッ、ああああぁあああ——っ⁉　っ、ぐぅ……な、何なんだよお前ぇえええ……っ！　うぇ……痛い、これ絶対折れて……くしょぉ……」

お姉さんは目に涙を滲《にじ》ませ、茫然自失《ぼうぜんじしつ》となった。

そんな姿は、まるで反撃を考えていなかったような反応で——。彼女が小包を狙った刺客なのはほぼ間違いないのだが、なんだか違和感を覚えずにはいられない。

取引場所を突き止《と》める情報網があって、普通そんなことあり得るのか？

この人の実力を信用し敢《あ》えて伝えていない……というのは流石《さすが》に無理があるか。それなら何も知らされていない囮《おとり》という方がずっと現実味がある。

周囲を警戒しつつ、僕はお姉さんに問いかけた。

「ねえ、お姉さんは一人でここに来たの？　もしかして仲間とかいます？」

「っ……！　さ、さぁ？　ど、どうであろうな！　ウチをこれ以上傷つけようとすれば、ウチの仲間にその隙を突かれるかもしれんぞ⁉」

「……ふうん？」

分かりやすいほどにブラフだなぁこれ。

杞憂《きゆう》も杞憂。部屋の中も外も他に人の気配はなく、彼女は単身で乗り込んできたようだ。そうなるとこの人から情報を入手しておきたいところだけど……。

「ぶはあっ……!? はぁ、はぁ……はぁ！　あっ、あら……もう終わってしまいました？　さ、さすが……しにが、ごほっうぉえっ！」

と、丁度よく頼もしいバディが息を吹き返した。

ハナコは水しぶきを上げると、水が気管に入ったのか酷《ひど》く咳《せ》き込《こ》みながら近づいて来る。

「え……えええええええぇええ!? ちょ、おま、死んだはずじゃ！　な、ななななんでウチの毒を食らってピンピンしてっ!?」

「ふっふっふー、残念でしたね〜。私に毒の類《たぐい》は効かないのですよ〜？」

「な、なに……？　そっ、そんなデタラメ卑怯《ひきょう》だぞぉおおっ!?」

ハナコのビックリ人間ショーを前に、お姉さんはただただ絶叫した。

うんうん、いやもうほんと卑怯だよね。殺せない相手なんて、僕達《たち》殺し屋からすればこれ以上はない天敵だもん。

僕が共感から頷《うなず》いていると、ハナコの方はお姉さんの眼前にしゃがみ込み、その鼻先を指で小突いていた。

「まあ毒が効かなくとも、結局私の出る幕はありませんでしたけどね？　貴女《あなた》もなかなかの手練《てだ》れかもしれませんが、無敵でカッコいい、私の旦那様が相手となっちゃこのざまですよ！　ふふーん」

「……得意げになっているところ悪いけど、初対面の人にナチュラルに嘘《うそ》教えないでね？」

確かに、初めに対峙《たいじ》したのが僕であったならあの突きも躱《かわ》せただろうけど……。

それはそれとして、『嘘も百回言えば真実となる』なんてのは僕は認めないぞー。

「な、なんなんだよお前らぁ……！」

平常運転のハナコにすっかり緊張感が薄れている一方、お姉さんの方は眼《め》に涙をため今にも泣き出しそうな雰囲気だった。

そんなお姉さんに、ハナコはやはり気分を良くしたように笑みを浮かべて、

「なんなんだって、そりゃあ貴女が狙っている荷物を守る者じゃないですかー」

「に、荷物……？　いや、ウチの目的はお前らの暗殺だ！　だってのにこんな……ただの子どもだと聞いていたのに話が違う！」

「？　話が違う……？」

発言からすると、彼女は確かに依頼を受けここにいる事になる……が、おかしいな。

前提として、彼女の依頼人の目的は「荷物の入手」であるはずだ。

だというのに僕の座布団になっている彼女が受けたのは、「荷物を持っている邪魔者を

殺すこと」ではなく「ただの子どもを殺すこと」だと言う。

……全くもってちぐはぐだ。

仮にも荷物の価値を知っている者が、受け渡し場所を特定するだけの情報網を持っているのにもかかわらず、それを「ただの子どもが運んでいる」と断定し、荷物の情報を共有していない刺客を寄越《よこ》す——ああ、あり得ない。

頬《ほお》を突《つつ》きちょっかいかけているハナコを制止し、僕は確認のため訊《き》いてみる。

「ちょっと教えて欲しいんすけど。その依頼や依頼人、それから貴女の事についても詳しく良いですか？」

「なっ——ば、馬鹿か貴様ぁ!?　闇に忍ぶ者が、依頼人や自分の素性をバラすわけないだろうが！　う、ウチは何をされようと決して口は割らないっ！」

「……ふうん？　たとえばその結果、命が失われてしまっても？」

「はっ、お前にウチを殺せるというのか？　どうやら多少腕に自身があるようだが、制すのと殺すのとは違うぞ！　貴様はそれを分かって言って……って、なんだその可哀想《かわいそう》なものを見る眼はぁ!?」

お姉さんの発言に、僕とハナコは互いに顔を見合わせ肩をすくめた。

ほんと誰に言っているんだって話だろうけど、まあ実際知らないのだから仕方がない。

「あー……実は僕、裏社会ではそこそこ有名でして。《死神》ってご存じです？」

「し、死神……？　死神って、まさかあの……顔の無い《死神》……か？」

自分で名乗るのはなんだか気恥ずかしいのだけど……。同じ裏社会を生きるもの同士、きちんと知っていたらしい。僕が笑顔で肯定を示すと、お姉さんは途端《とたん》にわなわなと唇を震わせ、まるでバケモノでも目にしたような顔面蒼白《がんめんそうはく》になった。

「ひ、ひいいいい！　や、やだぁあ、こ、こここ殺さないでぇええ……！」

「……ええ？」

なんかハナコが起き上がった時よりも驚いてない？

地味にショックを受けていると、涙目のお姉さんは大きく息を吸った。

「う――ううう、ウチの名前は一城《いちじよう》スダチだっ！　ね、年齢は十九歳で、一城流《忍者》・二十五代目当主だ！　依頼人とは電話のみのやりとりだから性別が男ということ以外は何も知らないっ！　あ、あと、それとっ……！　う、ウチは現在、結婚を前提とした彼氏を募集中だぁあああああああああああ――っ！」

「……わあ、面白いですねぇこの人」

突然逆切れ気味に叫んだ一城さんに、ハナコは静かに拍手を送った。

色々とツッコミはある……が、聞き逃せない事が一点。

「一城流《忍者》って言うと、あれかな……？」

情報量が多くて一瞬聞き逃しそうになったが、僕の《死神》と同じナノハの都市伝説には、確かそんな名前の《忍者》がいたハズだ。

噂《うわさ》によると、生き残りが密《ひそ》かに復興を企てているとかなんとかで――。

「そ、そうだ！　ウチは一城流忍者、最後の生き残りでっ……怪しいとは思っていたが、食うに困ってこんな依頼を受けたんだ！　だ、だから頼む、一族復興の為《ため》にウチはここで死ぬわけにはいかないんだ！　全部話した！　これで全部だ、だから……なぁ!?」

「えー、ほんとですかぁ？　もし他に隠しごとをしていたら後が怖いですよー？」

言いながらハナコは、どこに隠し持っていたのかスタンガンを手に取った。

流石《さすが》に取り押さえている僕も全身ずぶ濡《ぬ》れとあってはスイッチを押さないだろうが、一城さんはそれにひくりと喉を鳴らす。

ハナコはそれを見て、とても楽し気な笑みを浮かべ――って、まじで押さないよな？

「ほ、本当だ！　これでも足りないってなら何でもする！」

「……なんでも？　本当に何でもするのですか？」

「裸で踊れと言うなら喜んで踊ってやる！　足を舐《な》めろと言うならふやけるまでしゃぶってやる！　だ、だからウチを殺すなぁああああああああああ――っ！」

「あっはは！　この人、命令口調なのに言ってることがプライドゼロですよ～。ね、どうしますか死神さん？」

「あー、そうだねぇ……」

期待通りの情報は手に入れられなかったが、正直なところ命まで奪う必要はないんじゃないかなぁなんて思い始めている。良心を痛ませず殺気を失《う》せさせるなんて凄《すご》い才能だ。

いや、もしやこれも一城《いちじょう》流忍術だったり？

「それじゃあ、まあ。一応ボスにも話を通してから——と？」

「あら？」

僕が結論を出そうとした瞬間、たんたんたたんと、どこからともなく夜想曲《でんしおん》が鳴り響いた。その曲は僕が携帯電話に設定している着信音のようで、乱雑に脱ぎ捨てた服の中より発せられている。

「噂《うわさ》をすればボスさんでしょうか？」

「んー、どうかなぁ……。さすがにタイミングが良すぎる気がするけど」

肩を外しているとはいえ一城さんは殺し屋だ。油断は命取りとなりうるため、僕は彼女を椅子代わりにしたまま上着を手繰り寄せる。

と、手に取った携帯電話には、名前はおろか番号も表示されていなかった。

滅多《めった》にない非通知に多少の不信感を覚えつつも、僕は流れるように応答ボタンを押す。

『あー、もしもし聞こえているかな？　流石《さすが》だね、随分な手際だったよ』

――それは、酷《ひど》くしゃがれた声だった。

この番号を知る者はそれほど多くないはずだが、聞こえてきた声はボスのものとは違い、また記憶の限りどうも思い当たる人物がいない。

それにしても随分な手際か。まるでさっきの戦闘を見ていたような口振りじゃないか。

「はて？　えーっと、どちら様ですかー？」

『はっ、とぼけるなよ――《死神》。勝手ながら、一連のやりとりは見させてもらったよ。いやはや噂に違《たが》わぬ力量だ。しかし止《とど》めを刺さないのは誉《ほ》められないな。命乞いをされたからって、殺しに来た相手に慈悲を掛けちゃあ駄目だろう？』

「……急にペラペラとなんなんだアンタ。一城さんの依頼人、だよな？　どうしてこの番号を知っているんだよ？」

もしかして僕のストーカーか？

情報を抜き出すため気の抜けた返事をすれば、男はスピーカーの向こう側で小馬鹿にするように笑った。

『だから下手な演技はやめろよ《死神》。本当はうすうす勘付いているんだろ？　今こうして話しているのが、キミが求めて止《や》まない――《亡霊》さんだよ』

07 間奏曲 ~interlude~ 欠陥人間

昔から、作文を書くのが苦手だった。

それは半ばトラウマのようなもので、思い起こせば小学校一年生の時に『将来の夢について』という題材で書かされたのがきっかけであろう。

結論から言えば、僕は子どもなら誰もが思い描くそれを持ち合わせてはいなかったのだ。

そうなるとあとは簡単な話なわけで——。

クラスの皆が次々に作文を書き終えるなか、僕一人だけが初めの一文字すら書くことが出来きず、皆は口々に「なんで？」「どうして？」と不思議がったけれど、僕にはその感情の方こそが理解できなかった。

空白の原稿用紙を前についい泣き出してしまえば、担任の先生はさぞかし困惑したことだろう。今となっては確かめる術《すべ》もないが、あの時の彼女は子供らしからぬ僕を気味悪がっていたのかもしれない。

いつもは明確な答えをくれる父さんも、その時ばかりは珍しく口ごもっていて。

夢なんて勝手に湧いて出るものだからなぁ……なんて。そんな言葉に僕は、幼いながらに自分は人として欠けているんだと思い知った。

けれど自覚したところで、ぽんっと夢が生まれてくれるわけでもない。

状況は何も好転せず――。僕は自身の欠如を悟られまいと、夢を聞かれた際には当たり障《さわ》りの無い〝嘘《うそ》〟を口にするようになっていった。

……ああ、まったくもって失敗だった。

気付いたのならば受け入れるべきだったのに、結局のところ僕は自分を偽ることばかりが上手《うま》くなってしまった。

あれから十年。未《いま》だに夢はないけれど、今の僕には夢なんて不確定な言葉では終わらせられないことがある。

『今こうして話しているのが、キミが求めて止《や》まない――《亡霊》さんだよ』

復讐《ふくしゅう》を誓い五年。やっと、やっとこの時が訪れた。

たくさんの命を奪ってきた月日は、僕の人生は、全てはこの日のためだけにあった。

どくどくと全身を巡る血に、僕は密《ひそ》かに思う。

きっと緋野《ひの》ユズリハという欠陥人間は、大切な者を失ったことでようやく一人前になれたのだろう。

08 夜想曲~nocturne~例えばそれは、亡霊と相見える話

1

「会いたかったぜクソ野郎……。すぐ殺してやるからさっさと出てこいッ！」

頻《しき》りに首を動かし、僕は仄暗《ほのぐら》い絶景に怒号を響かせる。

会話の流れから近くで監視しているのは明白で。逸《はや》る感情に握るスマートフォンが軋《きし》む音を立てると、スピーカーからは続けて楽しげな笑い声がした。

『ははっ、そう慌てるなよ。相応《ふさわ》しい舞台を用意しているからさ、会いたければ今夜キミの方から会いに来なよ』

「……場所は？」

『アカツキ・ドリームランド。キミも一度くらいは行ったことがあるだろう？　第四地区の夢の終わり——その最奥の城でオレは待っているからさ』

「……そんな話を信じると思うのかよ？　こんな刺客をけしかけておいて」

『はは、それに関してはすまないね。ただ、キミの実力を観《み》たかったんだよ。で、結果は合格さ。キミはオレが直接相手するにふさわしい。まあ来ないってならそれでも構わない

けど、キミは来るしかないだろ？　父親の仇《かたき》を討つ、チャンスなんだからさ』

「――ッ！」

この電話番号はおろか、僕の目的まで知っている……だって？

なんなんだコイツは……。どこまで情報網を、まったくもって読めない相手だ。

『それともう気付いているかもしれないが、荷運びはオレが出した依頼だよ。さっきも言ったように、《死神》の実力を確認したかったんだ。中身は……まあ、キミにあげるよ』

それが指し示す時間に、ケリを付けようか――。

そう言い残すと、《亡霊》からの通話は一方的に終わりを迎える。

やっと訪れた刹那の邂逅《かいこう》に、僕は口元に仄かに笑みが浮かぶのを感じていた――。

2

小包の中にあったのはガラスの割れた懐中時計だった。壊れているのか長針と短針はちょうど天辺《てっぺん》で止《と》まっており、指し示す時間というのは零時で間違いないだろう。

確認した時点でのタイムリミットは四時間。

あまり余裕があるとはいえず、《忍者》の一城《いちじょう》さんはその場で解放した。慈悲を掛けちゃあ駄目だろうよ――なんて、《亡霊》の言葉に従うのが癪《しゃく》だったからだ。

そうして装備を整える為《ため》とんぼ返りで拠点へと戻り、現在の時刻は二十二時半。

要点を抑えつつ一連の出来事を報告すると、ボスは露骨に不機嫌となった。

煙草《たばこ》の火を乱暴に消し、前髪を掻《か》き上げては、僕を射ぬくような眼光で睨《にら》み付《つ》ける。

「で、お前はどうするつもりだ？」

「もちろん今から行ってきますよ。まさか、止《と》めるなんて言わないでくださいよね」

僕は息を吐くように即答した。

五年もの間ただ一つの情報も掴《つか》ませなかったやつが、気まぐれにも向こうから会ってくれると言うのだ。最初で最後のチャンスかもしれないのに、臆して逃避するなんてできるはずがない。だから止めるなと、僕はそう釘《くぎ》を刺したつもりだった。

「意気込みは結構だが、冷静になって考えてみろ」

けれどボスは首を横に振る。

僕の覚悟を知った上で、一歩引いたところから待ったをかけた。

「会いに来いと言ってもそこに《亡霊》がいる保証はねぇ。罠《わな》、だとは思わないのか？」

「罠も何も、僕の情報は全部《亡霊》に筒抜けなんすよ。わざわざ依頼なんて形で呼び出さなくとも、その気になれば不意打ちで殺すことだって出来たハズで——。きっと奴《やつ》は、自分を神か何かだと勘違いしているんでしょうね。……本当にふざけている」

けど、きっとその気まぐれに次はない。

奴を仕留めるのはここなんだ！

油断しているうちに、都市伝説にまでなった《死神》の名は伊達《だて》じゃないってことをあの世で思い知らせてやる。

「……どうしても行くんだな？」

「ええ、僕は奴に復讐《ふくしゅう》するために殺し屋になったんです。《亡霊》を殺し、過去にケリを付け、僕はいい加減前に進まなきゃいけないんだ。もしそれを邪魔するってんなら、アンタといえども半殺しにしてでも行く」

「はっ……ガキが、一端《いっぱし》の口を利くようになったじゃねぇかよ」

険しさを増した眼光を真正面から見返せば、強《こわ》ばった顔は途端《とたん》に和らいだ。

ボスは全身の力を抜くと、諦めたように背もたれへ寄り掛かる。

「いや、思えばお前は始めっからクソ生意気だったか……。シモの毛も生えてねぇような頃に、俺の事務所に一人で乗り込んで来て『殺し屋になりたい』だなんて言いやがった。ついカッとなって殴り飛ばしても、その眼《め》にはぜってぇに引かねぇって、今と同じ強い意志が籠《こも》ってやがったな」

……あの日のことは、僕もよく覚えているさ。

ボスより父さんの訃報を受けて。その死をうすうす感じていた僕は直《す》ぐに復讐を決め、ボスの後をつけて事務所にまで乗り込んで。弱っちぃガキがナマ言ってんじゃねぇと肩を小突かれて。腹が立ったから噛《か》みつき返せば今度はボコボコに顔面を殴られて……。

口を切るわ鼻血は出るわで災難だったけど、それもこれも今となっては良い思い出だ。

懐かしいものだ、なんてボスはしみじみと呟《つぶや》いた。僕へと向ける目はいつもよりも幾分か優しく、初めて会った頃よりもわずかに皺《しわ》が深くなっただろうか。

「……感謝していますよ。ここまで来れたのもボスのおかげです。拾ってくれたのがボスじゃなかったら、きっと僕はそこら辺で野垂れ死んでいたでしょうね……。だから、ありがとうございます」

「はっ、馬鹿言うんじゃねぇよ。ガキに平気で人殺しを許すような奴《やつ》にそんな言葉はもったいねぇ。むしろ感謝するのはこっちの方だろう? お前にはこの数年で、十分過ぎるほどに稼がせてもらった。だからあとは好きなようにしろ。——ほら、受けとれ」

ボスは不意にポケットに手を突っ込むと、キラリと光る何かを投げて寄越《よこ》した。

難なく空中で掴《つか》み取ってみれば、それは鈴のついた小さな鍵で。入り口のものとは違うらしく、単体では何をくれたのか見当がつかなかった。

「下の車庫のだ。どうせ足が必要なんだから好きなの持っていけ」

「……えっと? それは有り難《がた》いですけど、あそこにあるのってボスの大事なコレクションじゃなかったでしたっけ?」

「ああ、だから貸すだけだ。全てが終わったらちゃんと返しに来い。何年も裏社会にいたんだ、借りたもん返さなかったらどうなるか分かっているよな？」

——そりゃあ、怖いほどに。

もし傷付けでもしたらと考えては怖くて怖くて、ボスの不器用な優しさがおかしくて。

僕は笑っているのを悟られないよう、隠すように頭を下げた。

「ありがとうございます……ボス。じゃあ、さくっと終わらしてきます」

本当は今生《こんじょう》の別れのつもりだった。けれど僕に対してほとんど強要しない人が、不器用にもここまで言うのだ。これはもう、何が何でも帰ってくるしかない……。

返事はなく、別れはあっさりと。

鼻を鳴らしそっぽを向くボスにもう一度頭を下げて、僕は事務所を後にした。


「あ、死神さんっ！」

店へと続く階段を降りきると、ハナコは一階部のシャッターに寄りかかるように腰を下ろしていた。僕の姿が見えるや否や、そんな少女は雲が一瞬にして晴れ渡ったような笑みを浮かべ駆け寄ってくる。

さながら忠犬のように、大きく揺れる髪は尻尾《しっぽ》のように見えた。

「けっこう早かったのですね～。ボスさんとのお話はもう宜《よろ》しいのですか？」

「ああ、うん。ケリ付けて来ますよーて言ったら、気前良くこんなのくれちゃった」

「……ふむ、鍵ですか？　鍵と言うとー。あ、もしかしてソコのだったりします？」

「せーかい。好きなの持っていって良いってさ」

ハナコの横を通り抜け、僕はシャッターのロックを解除する。そのまま手動で上げきれば、やや油臭いガレージの全貌が露《あらわ》になった。

「ほうほう、一階はこういう風になってたんですか～！　車庫というよりは、なんだかショールームっぽいですねー」

「うん……。僕も入るのは初めてだけど、結構お洒落《しやれ》だな」

床から天井までモノクロカラーで統一された空間は、照明や壁にかかる整備道具の配置一つとっても強いこだわりを感じさせ、並列する十五の二輪を上品に引き立てている。

肝心のバイクの方も頻繁に手入れがされているのか、銀メッキは鏡のように磨きあげられており、バイクに関して興味が薄い僕でも思わず目を奪われるほどカッコイイ。

鍵は挿しっぱなしになっているため直《す》ぐにでも乗っていけるのだろうが、こう選択肢が多いと判断に迷ってしまう。

「……んー、どれが良いかなぁ」

「あっ、それならあちらの大型の方が好ましいのではないですか？　ほら、二人で乗るわけですし」

「あーそうだねぇ。二人で乗るならあっちの――……って、二人？」

聞き間違い……じゃあないよな。

選ぶ手を止《と》め隣を見れば、返って来たのはぱちくりとした瞬《まばた》きだった。

「それはもちろん、私と死神さんの二人ですが……。もしかして死神さんは、私を置いて行くつもりだったのですか？」

「……まあ、うん」

できればボスのように快く見送ってくれることを願っていたけれど、やっぱりハナコはそれを許してはくれないみたいだ。それはそれで彼女らしいとも言えるけれど、今回はいつもと状況が違う。

僕はハナコへ向き合い、諭すように言った。

「前に、話したと思うけどさ……。《亡霊》は僕が追い求めていた復讐《ふくしゅう》相手で、復讐は僕個人の問題で。これは任務じゃないんだから、キミが来る義務はどこにもないんだよ」

「む、何を仰《おっしゃ》いますか死神さん！　義務もなにも、その話をしていただいた時に手伝うと約束したではありませんか！　まさか死神さんは、あの時の私の言葉を忘れてしまったのですか？」

「……忘れたわけじゃあ、無いけどさ」

心が折れた僕がもう一度立つことが出来たのは、彼女が〝復讐は残された者が前に進むためのもの〟だと肯定し、協力を申し出てくれたからだ。

　その事には大きな感謝をしている、けれど――。

「どうしてキミは、そこまで僕に親身になってくれるんだ？」

「……はい？　それはもちろん、死神さんを愛しているからです！」

「そっか、うん……。その気持ちは嬉《うれ》しいけど、僕にはその理由が理解できない」

　真っすぐな愛を半月も受けていれば、彼女の想《おも》いが嘘《うそ》じゃないのは分かる。

　けれどそのきっかけが、彼女の命を奪ったことに起因しているのなら話は別だ。


「キミは、僕が人を殺す――何が良かったっていうの？」


　僕は、人殺しである緋野《ひの》ユズリハを誰よりも軽蔑している。

　だからそんな僕を好きだと言われても到底受け入れることが出来ない。もし本当に人を殺す僕が好きだと言うのならば、僕はそんな彼女すらも軽蔑する。

　僕がこれまで彼女の好意を受け入れられなかったのは、のらりくらりと向き合わず逃げてきたのは、恩人である彼女を嫌いになんてなりたくなかったからだ。

　ここまでずっと眼《め》を逸《そ》らしてきたけれど――そういうのはもう、やめにしよう。

「きちんと答えて欲しい」

だから僕は、いま一度問う。

あのときの彼女は、人が人を好きになるのに理由がいるのかと答えたけれど。

今度ばかりは茶化《ちゃか》したり、ごまかしたりして欲しくなかったから。真っすぐに目を見つめて、僕は真摯に呼び掛けた。

するとハナコは、一瞬だけ視線を泳がせて、

「私はあの時、死神さんが私を殺す姿に好奇心を抱いたのです」

そう、どこか照れ臭そうに息を吐いた。

「……好奇心？」

「ええ、そうです。死神さんは、自分が人を殺す瞬間を見た事がありますか？」

「いや――」

あるわけがない。

殺しは証拠を残さないのが定石《じょうせき》であるし、録画するような趣味も無い。となれば自《おの》ずと、その時を知り答えられるのはこの世で彼女一人となるわけで……。

「死神さんは私を殺すとき、泣きそうな顔をしていたんです」

ハナコは眼を閉じると、思い起こすように胸の前で手を合わせ――。

そうして長い長い──二度目の告白をした。

「初めは生き返る私が恐ろしいのかと思ったのですが、会話を交わし、殺され続ける内に、本当は人を殺したくないのだと気付きました。死神さんが泣きそうな顔をしていたのは、血を吐き苦痛に顔を歪《ゆが》める私に心を痛めていたからなんです。

そう気付いてから……私の中に、好奇心が生まれました。

どうしてこの人は殺《あや》め続けているのだろう。どうしてこの人はそこまで傷付いているのだろう。飄々《ひょうひょう》とした仮面で隠すくらい辛《つら》いなら止《や》めてしまえば良いのにどうして──って。

私は殺されながら状況を俯瞰《ふかん》してみました。

会話や態度から得られた情報をもとに想像し、人を殺したくないのにこうして立ち止《ど》まれないのは、それが誰かを想《おも》っての結果だからなのじゃないかって。

死んだ事なんて気付かないくらい素早く正確で鮮やかな殺しの技術は、せめて相手の苦痛が一瞬で済むように極めたものなんじゃないかって。

……そこまで気付いてしまえば、もはや私のトキメキは止められませんでした。

ああ、そんな甘く優しい人殺しがいるのかと。心臓の鼓動が高鳴るにつれ、私の好奇心はどんどんと膨れていきました。

この人はどんなものが好きで、どんなものが嫌いで、心の底から笑ったらどんな顔をするのだろう。もっと知りたい。もっと話をしたい。もっとこの人と一緒に居たいって……。殺された分だけ貴方《あなた》の優しさに触れ、そうやって私は貴方を好きになっていたのです。好きで好きで、堪《たま》らなくなっていたんですよ」

「…………」

僕が知っていること、意識していること、気づかなかったこと――。

その全てを見透かされていた上で、好きだと言っていたなんて思いも寄らなかった。

だから言葉を失った。そうして唖然《あぜん》と立ちすくんでいると、ハナコは一歩前にあゆみ、僕の手を優しく握る。

包み込む細指はちょっとだけ冷たくて、けれど不快感はちっとも湧かなくて……。

「ここだけの話。実は私、お金を盗んでなんかいないのですよ。向こうの国でごたごたに巻き込まれて罪を被《かぶ》った、といいますか。借金を返すという名目で殺し屋になったのは、実のところ死神さんと少しでも長く一緒にいるための方便なのです。ですから……ね？　置いていくなんて、そんな寂しいこと言わないでくださいよ」

「…………」

僕は人殺しが嫌いだ。人を殺す自分が嫌いだ。

けれどそんな僕を受け入れ、真意すらも理解し、好きでいてくれるのはきっとこの世で彼女ただ一人だけだろう。

全力で純粋な気持ちを、僕には裏切ることが出来そうになく――。

見ないフリをしていたわだかまりは、もうすっかりと氷解していた。

「……負けたよ、うん。もしかしたら無事じゃ済まないような場所だけど……。キミに付いて来て欲しい。僕と一緒に、戦ってくれるかな？」

そんな風に確かめずとも、答えは分かりきっていた。

けれど僕はどうしてか少しだけ不安で、強く、強く、重ねられた手を握り返す。

するとハナコは息をのみ、たちまち瞳を潤ませ――ぱあと、目尻を下げて笑った。

「はいっ……はいっ！　このハナコにお任せください！　私は、死神さんの立派な肉壁になって見せます！」

「っ……そういう事じゃ、ないんだけどなぁ……」

いまいち締まらない様子に苦笑を漏らす。

相変わらず緊張感がなくて、会話をしているとこっちの方まで力が抜けていくようで。

だけど今は、それが丁度良い。いつも通りの彼女の存在が、僕には心強かった。

「……じゃあ行こうか。もう、時間もギリギリだ」

二人で行くのならばバイクはやはり大型のものが良いだろう。

僕は言いながら、車庫の中でも一番大きく馬力の高そうなものを運び出し、ハナコとともに跨《また》がった。

「人を後ろに乗せるのは初めてだから、ちゃんと掴《つか》まっているんだよ？」

「はい、大丈夫です！　死神さんのことは一生離しませんので っ！」

「……いやそれは怖いよ。ねえちょっと、人の話ちゃんと聞いてましたー？」

「んふー、知りませーん」

「おいおい……」

背中で頼もしい温《ぬく》もりを感じながら、僕はキックペダルを踏み込む。

バイクで二人駆ける夜の道は、どうしてかいつもよりも——ずっと、輝いて見えた。

3

ありとあらゆる娯楽が集いし街、ナノハ第四地区。

通称『眠らない街』と呼ばれるその場所は昼夜問わず道行く人で賑《にぎ》わいをみせ、日没後に高所へと赴けば、地上に輝く満点の星空を確認できるだろう。

地区外よりやって来た者はそんな光景に目を奪われ、次はどこへ行こうか、なんて期待に胸を膨らませて——遅れてソレに気付くのだ。

きらびやかな光のなかに存在する、黒き点。

第四地区においては真っ白な紙に一滴墨を垂らしたような不自然さを持つその箇所は、音も光もなく、獣すらも寄り付かぬ黒点〈ブラックスポット〉と呼ばれる場所であり。亡霊より指定された『アカツキ・ドリームランド』は、その中央に位置していた。

「なんだかお化け屋敷みたいですねー」

眠り始めた街に力強いエンジン音を響かせ一時間。現在の時刻は二十三時四十分。アーチ状のゲートを潜《くぐ》り園内へと一歩足を踏み入れると、隣を歩むハナコは特に怖がる様子もなくそう言った。

ここアカツキ・ドリームランドが建設されたのは、日本が最も繁栄を極めたとされる時代——八十年前に起きた第三次世界大戦後しばらく、高度成長期のことであったか。

当時の輝かしき日本を象徴するようなそんな場所も、かつての栄光が失われるとともに客足が遠のいていき、ちょうど僕が殺し屋を始めた年に経営不振と経年劣化を理由に閉園されたのだった。

五年が経過した現在も取り壊しの予定はなく、今日まで放置された外観はハナコの言う通り、《亡霊》の待つ場所にふさわしく思えた。

「……前はもう少し綺麗《きれい》だったんだけどね」

「おや、死神さんは以前にも来たことがあるのですか?」

「うん、もう十年くらい経《た》つのかな。まだ此処《ここ》が運営されていた頃に、父さんにせがんで一度だけ連れてきてもらったことがあるんだよ。……ほんと、懐かしいな」

ふと足を止《と》めてみれば、そこはメリーゴーラウンドの前で。

どれもこれも雨風で錆《さ》びて見る影もないが、馬に乗る僕に向かって面倒くさそうに手を振る父さんの姿は、十年経った今でも鮮明に記憶に残っている。

あのとき父さんは「回ることしか出来ない偽馬《にせ》に乗って何が楽しいんだか」って呆《あき》れたように言っていたけれど、僕ももう分からなくなっちゃったかな……。

「……？　大丈夫ですか、死神さん？」

「ん、ごめんごめん。さあ、早く《亡霊》の元へと行こうか」

感傷に浸る時間は終わりだ。僕は首を振り、ハナコから前方の空へと視線を移す。

電話にて《亡霊》は〝最奥の城で待つ〟と言っていた。

それはアカツキ・ドリームランドのシンボルともいえる『デイブレイク城』のことで間違いなく――。視線を向けた先には、人工的に造られた湖の中央に、ヨーロッパ宮殿を模した城が鎮座している。

街中にあるようなビルと比べるとそれほど大きな建築物ではないハズだが、これが下から見上げてみれば自分のちっぽけさを感じさせるような壮観さで、ひび割れた窓や苔《こけ》むした壁など、老朽化が進んではただ朽ちるその時を待っているようだった。

そんな廃墟《はいきょ》同然の建物であったが、どうも電気が生きているらしく、入場ゲートから城門へと伸びる橋には点々と鈍い照明が続いている。

おかげで闇空の下うっかり足を滑らせ水の中へ……なんてハプニングも無く、僕とハナコは無事城前へと辿《たど》り着《つ》いた。

「―――」

もうじきだ……。やっと、ここまでやってきた。

逸《はや》る気持ちから視界を閉ざせば、暗闇の中に不形の光が立ち上がる。

顔も、性別も、年齢も、何もかも分からなかった《亡霊》。触れることの出来ない者との殺し合いを、僕はこの五年もの間シミュレーションしてきた。何千、何万と。この日のことをずっと思い描き、僕はそれだけのために手を血で染めてきた。

そんな復讐《ふくしゅう》だけの人生が――今日、終わる。

今宵《こよい》、《死神》の仮面は必要ない。僕は僕自身の手で《亡霊》を殺し、前へと進むのだ。

「行こう、復讐の時間《とき》だっ！」

拳銃を引き抜くと同時に、僕は力強く門を押し開いた。

奴《やつ》が隙を見せたなら直《す》ぐにでもその頭を撃ち抜いてやる。そんな覚悟のもと向けた銃口の先は、たんたんと何かの旋律が響く、がらんどうな空間が広がっていた。

一灯のスポットライトがさす舞台に、それを見下ろすよう配置された無数の座席――と、それはいわゆる『劇場』とでもいうのか。

外観のイメージに引っ張られるあまり一瞬別の場所に出たのかと錯覚したが、冷静になって考えてみればここは遊園地のアトラクション。閉園される以前には、着ぐるみのマスコットキャラクターなどが舞台ショーを行っていたのだろう。

僕は銃を構えたまま、一歩、二歩、前に出る。

すると後に続くハナコは怪訝《けげん》そうに呟《つぶや》いた。

「あら？　この音って……」

「うん、誰かが弾いているみたいだ」

先ほどより周囲に響く、洋琴の音色――。今にも消え去りそうなほど弱弱しい旋律は、ピアノによって奏でられる夜想曲《ノクターン》であろう。

場所が場所なだけあり、音の出所は直ぐに判明した。

舞台上には自分の居場所を誇示するように、グランドピアノを弾く者が一人。

こちらに背を向けているため顔は確認できないが、草臥《くたび》れたボロコートを羽織る背格好から男だと推測できる。

もしかして奴が、《亡霊》なのだろうか……？

見渡す限り護衛のようなものはおらず、他に人の気配も無い——と。

「よお、やっと来たか。随分と……まあ、待ちくたびれたよ」

てっきり僕達《たち》の存在に気付いていないと思ったが、男は鍵盤に指を走らせたまま振り返らずに言った。

それは数時間前に耳にした電話と同じ、酷《ひど》くしゃがれた声で、

「——お前が《亡霊》かッ！」

「ああ、いかにも。わざわざこんな場所までご苦労だったな《死神》」

暗がりの階段を進み叫べば、男は飄々《ひょうひょう》とやはり見向きもせずに答えた。一向に演奏を止《や》めようとしない様子からは、まるでこちらの存在など感心がないようで……。

「…………」

憎き仇敵との距離は、残り十メートル。

掴《つか》み所《どころ》のない気味の悪さに、背中にはつうっと汗の玉が伝っていった。

何故《なぜ》《亡霊》はひとりなのか。何故こちらを見ないのか。銃を向けられているのに何故そんなにも無防備でいられるのか。

それは毅然《きぜん》とは違う。それは余裕とも違う。いつ殺されてもおかしくないような状況で、

まるで自分の命に興味がない……ような。

引き金に指を掛けたまま、僕は階段の半ばで足を止《と》めて、

「僕の父さんを……緋野《ひの》ギンジロウを殺したことをアンタは覚えているか？」

負けじと、言葉を絞り出す。

電話では僕が復讐《ふくしゅう》のために動いているのは把握しているらしかったが、父さんについて確かめなくてはならない。忘れたというのならば思い出させなければならない。

何の後悔もさせずに殺しては意味がないのだから……。

「ああ、よぉく知っているさ。そいつのことは誰よりも知っている」

男はクックッと、どこか楽し気に笑い声をあげた。

「そうか、じゃあもう一つ確認だ。父さんを殺したのはアンタで良いんだな、《亡霊》？」

「さて、そいつはどうだったかな……。ああ、お喋《しゃべ》りは少し待ってくれるか？　あと少しで弾き終わりそうなんだ」

「――っ！　こっちは今すぐにでもぶっ放したいのを我慢しているんだッ！　だからさっさとこっちを見て、答えろォ！」

銃を握る手に力を込めれば、薄暗い空間に溜《た》め息《いき》が響いた。

男はようやく演奏を止《や》めると、鍵盤蓋を閉じながらやおら立ち上がる。

振り返る時間は何倍にも感じられ、光と影の境界にようやく仇敵の全貌が露《あらわ》になると、

「ったく、随分な不良に育っちゃって……。おじさんは悲しいよぉ」

その顔は僕もよく知る――父、緋野《ひの》ギンジロウと瓜二《うりふた》つのものであった。

4

ユズリハくんのパパっておじいちゃんみたいだね、と言われたことがある。

それは物心も曖昧な園児の頃の話で。

当時の僕はまるで自分の全てが否定されたようなショックを受けたが、今にして思えばそう言われても仕方がなかったのだと思う。

僕の父さんは、清潔感という言葉からは無縁な人だった。

一週間は剃《そ》っていないような無精髭《ぶしょうひげ》、寝癖とフケで乱れた髪、不健康そうな隈《くま》、痩せこけた頬《ほお》、枯れ枝のような手、一年中着ているボロコート……と。

確かに実年齢よりもずっと老けて見えた彼だけど、ただ一つの利点として〝老いを感じさせない〟というのがあった。絶対値が低いと崩れたときの振り幅が少ないらしく、それから何年経《た》っても父さんに変化は見られなかったのだ。

だから仮に、父さんが生きていたなら今も老いも感じさせないのだろうなって。

僕は、密《ひそ》かにそう思っていたんだ。

「よお、久し振りだなぁチビ。なんだ、少し見ない間に随分とデカくなったじゃないか」

あれから五年――。

やる気なくこちらに手をあげるその男は、まるで記憶の中からそのまま出てきたように僕の父さんと寸分違《たが》わぬ容姿をしている。

老いを感じさせないなんてものじゃない。その男は、ちっとも老いてなどいなかった。

「……ざっ、けるなよ……！」

混乱はなかった。死んだ父との再会に、僕は強く煮えたぎる怒りを覚え――感情のままに、肺を押しつぶすように叫んだ。

「全く趣味が悪いッ！　アンタは一体、なんのつもりだぁッ!?」

「あん……？　なんのつもりって。ああ、もしかして不良って言われて怒ったのか？　そりゃ悪かったな。だが別に、そこまで本気にするような――」

「その格好のことを言っているんだッッ！　父さんと同じ姿で、同じ顔で、喋《しゃべ》り方《かた》で！　そんなまやかしで僕の動揺を誘えると思ったのか!?　殺せないとでも思ったのかッ！？！

「ダン、と闇の中に火花が散る。

たとえ頭に血が昇っていようと何百何千と反復してきた動きに狂いはない。射出された弾丸は鋭く回転し、男の呆《ほう》け面《づら》に吸い込まれ、

「おいおい、まだ話の途中でしょうよ……。人の話はちゃんと聞けっておじさんは教えたはずなんだがなぁ。ああ、もしかしてこれが反抗期ってやつか？」

――掠《かす》りもしなかった。

男はよろけるような動作で銃弾を交わすと、眠たそうな眼差《まなざ》しを僕へと向ける。

九死に一生を得たというのに、その顔には汗一つ掻《か》いてはいない。

「まあ殺してくれるってんならなんでも良いか。ほら、撃つならちゃんと狙えよチビ。ここだここ、そんな下手くそじゃ死なねぇだろ？」

「っ……なに、を……！」

父さんの演技を続けたまま、《亡霊》は挑発するように腕を広げて見せた。

自分から避《よ》けたくせに殺してくれだなんてふざけている……。その喋り方も、呼び方も、態度すらも、全てが父さんそのもので癪《しゃく》に触った。

ああ、認めよう……。死んだ人間を完全に再現出来るならば確かにそれは亡霊だ。

その異名は、腹立たしいほどに相応《ふさわ》しい！

「それがアンタのお望みだってんなら今すぐ殺してやる……！　死神らしく首を刈り取り、父さんの死を侮辱するお前はここ地獄送りにして」

「──ちょ、ちょっと待ってください死神さんっ！」

それは僕が、銃を持つ手とは逆にナイフを構えた瞬間だった。

ハナコは突然、まるで《亡霊》を庇《かば》うみたいに射線上に躍り出て、

「私の勘違いだったら良いんです！　ただ、一つだけ確認させてください……！」

僕を見上げる表情は、どこか切羽詰まったような不安に曇っていた。

ハナコは分別がないわけじゃない。その口振りから察するに、今が口を挟むべきタイミングではないことは十分に理解していて、その上で邪魔をするというのだろう。

彼女の確認というのは、余程のことなのだろうか？

煮えたぎった熱が冷めていくのを感じながら返事代わりに構えを解けば、ハナコは口早に言った。

「死神さんは、お父様のご遺体を確認しましたか？」

「…………？　いや……なんの話をして……？」

質問の意図が理解できなかった。父さんが死んだときの話は前に一度しただろうに。

どうして今、この時になって改めて訊《き》くのだろう？

父さんの遺体を見たのかって？　そりゃもちろん――見てないさ。

重傷を負った父さんは病院に行くと言いそのまま帰って来なかったのだ。ボスに死んだと聞かされたから遺体なんてものはなく、お墓には遺灰すら収められていない。

「……見ていないのですね？」

「見て、ないけれど……。だからそれが、なんだって言うのさ……？」

「本当に分からないのですか？　それとも分からないフリをしているのですか？」

僕の震える手を包み、ハナコは言い聞かせるように念を押す。

けれど僕には何を問われているのか分からない。分からないから、僕はその碧《あお》く力強い眼差《まなざ》しの後ろに、もう一度《亡霊》の姿を確認してみる。


――父さんだった。

舞台に立つのは、どこをどうみても僕の父さんであった。

「ちょっと……待ってよ……。だって、だってそんな……！」

父さんは死んだ。だから今目の前にいるのは真似《まね》をしているだけの偽物《にせもの》なんだ。

アイツは都市伝説で《亡霊》と呼ばれるほどの権力を持つのだから、《死神》が緋野ギンジロウの息子だと知っていたとしても何もおかしくなんかなくって。

父さんが僕を呼ぶときは必ず『チビ』という愛称を口にしていたのを知っていても何もおかしくなんかなくって。

だから僕には、ハナコの言っている意味が何一つ理解できない。

「思考を停止しちゃ駄目です！　よく考えてみてください、分かるはずです！」

そんなことあるはずがない。あって良いはずがないじゃないか。

だって……そもそも意味が、分からない……。

「まったく、そちらのお嬢さんは余計なことを言ってくれたものだな」

完全に僕の殺意が下がると、だだっ広い劇場に称賛の拍手が響いた。

それが答えだったように。音につられて目を向ければ、《亡霊》は悪巧みがバレたみたいに哀愁漂う笑みを浮かべていて……。

「ああ、その通りだよ名探偵のお嬢さん。そもそもオレは死んでなどいなかった」

ぼうっと、意識が遠くなったような気がした……。

全身は深海に沈められたように重く、冷たく、視界を閉ざすことすらままならず。

「ある男の話をしよう――」

と。

僕は遠い意識の中、孤独の舞台で語られるその声に耳を傾けることしか出来なかった。

5

昔々あるところに、『キクロウ』という若い男がいました。

身体《からだ》が大きなことが自慢なその男は、有り余る力から村の中で争いばかりを起こしており、皆から嫌われる村一番の乱暴者でありました。

彼に仲間はいません。家族も流行《はや》り病で死んでしまいました。ただ一人の孤独――。

誰もかれもが彼の悪口を言い、怒ったキクロウにより暴力は繰り返されます。

そうやって孤立していく中、幼馴染《おさななじみ》の『イチョウ』だけは彼を見捨てませんでした。

何事も力で解決しようとするキクロウを何年にもわたって叱り続け、傷だらけの拳を他のことに使えるよう絵や音楽を教えます。そんな彼女の献身により、キクロウは少しずつ考えを改めるようになっていきました。

いつしかキクロウはイチョウへと想《おも》いを寄せるようになり、その暴力性がすっかりと鳴りを潜めたころ、二人はついに結ばれることになりました。

翌年には『レンジ』という子宝にも恵まれて、キクロウは幸せを謳歌《おうか》していました。

決して裕福ではなかったが家族がいればそれだけで満足でした。こんな生活がずっとずっと続けば良いのにと、キクロウは心からそう思っていました。

「……けれど世界ってやつは、そいつを許しちゃあくれなかったのさ」

西暦1944年。当時世界は、第三次世界大戦の真《ま》っ只中《ただなか》のことで。

若く健康なキクロウは、家族を残し戦場へと徴兵されてしまうのでした。

上官や同郷の者は愛国心を語りましたが、キクロウはそんなものどうでも良かったのです。ただ家族と居たかった。家族を残していくことだけが心残りでありました。

絶対に生きて帰る。キクロウはそんな決意のもと海を越え、山を越え――。

配属された異国の地は、辺り一面が雪に覆われた、敵も味方も一瞬の内に死に絶えていく地獄のような世界でした。

一緒にいた仲間は一人、また一人と倒れていき……。籠城したのが冬の森だったために補給線が絶えれば、頑丈自慢なキクロウも衰弱していきました。

キクロウは生きねばなりませんでした。

だから木を食らった。雪を掘り出し冬眠中の虫も食らった。生存のために仲間をも殺し、隠し持っていた食料にすら手をつけた。キクロウは身も心も変わっていく自分が恐ろしかったが、けれどそれ以上に家族と二度と会えないことがなによりも恐ろしかったのです。

だから殺して、食らって、殺して……。

降りしきる雪の中、気付けばキクロウは一人になっていました。食べるものはもうありません。耐え難《がた》い飢餓感を抱え、キクロウは乞うように叫びます。

死にたくない！　帰りたい！　もう変わりたくない！　頼む誰か、誰か助けてくれ！

吹雪のなか天を仰ぎ、喉が潰れるまで叫び、ただ神に願いました。

「……だが、クソッたれの神は応えなかった。代わりに応えたのは、」

応えてくれたのは――悪魔だけ、でした。

その者はキクロウの前にふらりと座り〈キミの願いを叶《かな》えてあげよう〉と甘い声で囁《ささや》きました。白い狼《おおかみ》です。三メートルはあろうかという巨大な狼が、音楽を奏でるような声で喋《しゃべ》っていたのでした。

助けてくれるならば、キクロウは何だって構いませんでした。

幻覚だろうと、神だろうと、悪魔だろうと。取引だなんだの言われても、キクロウはそんなことを気にする精神状態ではありませんでした。

だからキクロウは叫びました。

頭を垂れ、契約でもなんでもするからオレを助けてくれ――と、そう願ったのです。

「そうして、オレの時間は停滞したのさ……」

いくら食おうと空腹は満たされませんでしたが、しかし逆に、男は何も食べなくとも平気になりました。そうやって何ヵ月も飲まず食わずで森を彷徨《さまよ》い、やっとの思いで港へと出て、森で彷徨っていた以上の航海の果てに——気付けば男は日本の地を踏んでいました。帰って来られたと思った。もうじき家族を抱きしめ、「ただいま」を言えるのだと男は涙を流しました。

「——だが、何もなかった。オレが船に揺られている内に日本はとっくに大敗していて。故郷も家族も、オレの大切なものは全部、空襲に跡形もなく燃えちまっていたんだ」

焼野原を前に、男は愕然《がくぜん》と崩れ落ちました。

もう何もしたくなかった。あるのはただ、死にたいという感情だけでした。

立ち上がることすら億劫《おっくう》でしたが、しかし悪魔との契約で餓死しなかった男は仕方なくナイフで首を斬ろうとして——失敗します。

「薄皮一枚を裂いた瞬間、オレの手はナイフを遠くへと弾《はじ》き飛《と》ばしたんだ。まさか本心では生きてぇのかと頭を過《よぎ》ったが、首を吊《つ》ろうとしても、身を投げようとしても、岩に頭を打ち付けようとしても、その全てが死の寸前で防がれちまった」

癒《い》えぬ傷ばかりが増えていく身体《からだ》に、男は放心状態のまま気付かされました。

「そうさ。オレは『生きたい』と願った結果、死ぬ自由すら奪われていたんだよ……」

そこから先は、ただ死ぬためだけの人生でした。

傷を負うという事は、致命傷さえ受ければ死ぬことが出来る――。

予想するまでは簡単でしたが、しかし悪魔の契約というのは存外強力で。下手な殺し方では、生存のため逆に相手を殺してしまうものでした。

「オレを殺せるくらい強い奴《やつ》に出会う必要がある……。そう気付き旅をしてみたが、生憎《あいにく》とオレという人間はこと対人戦に関しては並々ならぬ才能を持っていたらしくてな。刀も銃も武術も、相手が弱くては何一つ通用しやしねぇ。過酷な場を求め、国を渡り、傭兵《ようへい》や殺し屋なんかもやってみたが、結局オレを殺せるやつは誰一人としていなかった」

手に入ったのは両手では抱えきれないほどの大金と、それに群がるつまらない女だけで。良い女を抱こうが何を食おうが男の心は何一つとして満たされませんでした……。

男は頭が良い方ではありませんでしたが、しかし目的が達成できないまま何十年もそんな生活をしていれば流石《さすが》にやり方が悪いのではと思い始めます。

「それからしばし考えて……。オレはふと気付いた。誰もオレを殺せないなら、殺せる奴を育てりゃ良い――なぁんだ簡単なことじゃねぇかってな」

そうは気付いたものの、しかし男は自分の子が産まれてから間もなく徴兵されてしまったため、子育ては未知の領域でした。

最初から成功するなんて甘い考えは持っておらず——事実、一人目は失敗します。それは中東の紛争地帯で拾った子どもでした。弟を殺した男に敵討ちをしようという意気込みは良かったが、少しばかり才能の方が足りませんでした。一人前になるまでに六年も時間を要し——。それだけの時間を共にすれば、子どもはいつしか男に情を抱くようになり、向ける殺意はすっかり錆《さ》びついてしまっていたのです。

「そうなったらもう駄目だ。タイミングよく殺しの依頼があったこともあり、オレはそのガキを置いて国を出た。その後、アイツがどうなったかは知らない」

依頼というのは、日本の政治家からでした。

曰《いわ》く、とある信仰宗教に自分の娘が洗脳されてしまったため、目を覚まさせるために教祖から幹部までを物理的に消して欲しいとのことでした。

「ああ、実に簡単な仕事だったさ。護衛のような者もいたが大したことはなく、次はどの国へ行こうか。そんなことを考えている時に出会ったのがお前だよ——ユズリハ」

この腕の傷が見えるか——？

男はそう言いながら、自身の腕をまくって見せました。

「これはな、当時二歳だったお前が付けたものだ。親である教祖が殺されるや否や、お前はオレに斬りかかってきたんだ。ハハッ、信じられるか？ 物心もついていないようなガキがだぜ……？ オレは震えたね。コイツは生まれながらの復讐《ふくしゅう》鬼だ。他人のために平気で人を傷付けるコイツなら、きっとオレを殺してくれるに違いないと確信したんだ！」

けれど同時に、自分が殺しを教えるのでは前回の二の舞になると思いました。

暫《しば》し考えた男は、そうして逆に少年の〝大切〟になることを選びます。

「名を変え、新たに戸籍を得て。父親として好きになってくれるような距離感で十年ほど育て、頃合いを見てオレは殺されたことにする。そうすればお前は、復讐のために自ら牙を研ぐだろうというのは分かっていたからな。あとは環境を整えてやるだけで済んだ」

男の代わりに殺しを教える者は直《す》ぐに見つかりました。

これがまた裏社会に身を置くには甘い者であり、少年は殺しに関する天性の才能を発揮しては、《死神》という都市伝説になるまでに成長しました。

「ここまで全てオレのシナリオ通りだ。最終試験に〝異常な危機回避能力を持つ男〟と〝極限にまで磨かれた一撃必殺を持つ女〟を刺客に放ったが、お前はオレの期待を裏切らずそのどちらをも瞬殺した。よって機は熟した」

もはやその力に疑いはなく――残すは《亡霊》を殺すのみ。

「どうだ、オレが憎いだろう。テメェの本当の両親の仇《かたき》で、テメェを殺しの道に引きずり込んだ張本人だ。こんなクズは生きていちゃいけないだろ？　だからさくっと殺してくれ。なぁに、恨みなんかしねぇさ。たったの一回だ、そんなのお前が今まで殺してきた人数を考えれば大したことは無いハズだろ？　死神なんてカッコイイ名前で呼ばれてんだろ？

だったらほら、早くオレを開放してくれよ……。なあ、聞こえてんだろ？　黙ってないで殺せよォ！　早くオレを殺――――！」

「そんなくだらないことに、死神さんを巻き込むんじゃありませんッッ！」

6

雑音をかき消すように、どこまでも澄んだ声がした。

その声は誰のものだったか。凍えた僕の身体《からだ》は柔らかな熱に包み込まれ、遠い意識は現実へと引き上げられていった。

「……はな……こ……？」

気付けば僕は、少女の胸の中にいた。

とくとくと耳元で鳴る音に顔を上げてみれば、僕を抱きしめるハナコは瞳から大粒の涙を流しており、僕を見下ろす表情は、向けられた方まで辛《つら》くなるような憂いがあった。

どうして彼女が泣いているのか分からない。ただ、キラキラと揺らぐ瞳は碧《あお》い宝石のようで、僕は漠然と――綺麗《きれい》だなぁと眼《め》を奪われて……。

「大丈夫です死神さん、貴方《あなた》の手は煩わせません！　あの方は――私が殺します！」

見惚《みほ》れる僕の手から、ハナコは拳銃をするりと奪い取っていった。

「……え？　はな――」

唖然《あぜん》と、僕の手は彼女を引き留めるように前へと出たけれど――そこまでだった。

その先に見えた男の顔に、脚はその場に縫い付けられたみたいに動かない。

「キミがオレを殺す、だって？　ははっ……お嬢さんは口が達者だ。もしかして毒が効かない以外にも何か特別な力でも持っているのかな？」

「わざわざ手の内を晒《さら》す者がおりますかっ！」

瞬間、暗闇に金色《こんじき》が奔《はし》る。

ハナコは舞台へ駆けあがると、続けて銃声を響かせた。

三発、四発、五発――と。亡霊は舞台端のピアノから飛び退《との》くと、右へ左へと機敏に舞台上を移動しながらその全てを躱《かわ》し、向かってくる少女を排除しようと距離を詰める。

迫る脅威にハナコは手を止《と》めない――が。

「全くのド素人だな！」

力量差は歴然だった。

到底洗礼されたものとは言えない動きに銃弾が当たる気配はなく、亡霊の方が三手早い。

腕を掴《つか》み、体勢を崩させ、後へと回り込み——ゴキリと、次の瞬間には骨の折れる音が木霊《こだま》した。

手も足もでないほどに呆気《あっけ》なかった。

相手は徒手空拳だったというのに、ハナコは十秒とかからずに首を折られ、その場に力無く倒れこむ。

「やっぱり達者なのは口だけじゃないか……。くだらないの何と言っておいて、あっさり死んじゃうキミの方がくだらない」

少女の亡骸《なきがら》をしばし見下ろして、亡霊はふと興味が薄れたように客席へ振り返った。

「おいチビ。お前がモタモタしてるからガールフレンドが死んじまったぞ？　だってのにお前はまだ、そうやってぼけっとしてんのか？」

「……っ！」

どくっ、と。向けられた冷たい眼差《まなざ》しに、心臓は掴まれたように跳ねる。

僕は何かを言おうとしたけれど、やはり身体《からだ》は動かず——睨《にら》むことすら叶《かな》わない。

そんな哀れな有り様に、亡霊は呆《あき》れたように息を吐いた。

「なあ、チビ。いい加減逃げるのは止《や》めろ。お前の両親を殺し、右も左もわからねぇお前を利用したのが現実だ。オレが憎いだろ？　なあ、だったら早く殺——ッッッ!?」

永遠にも続くかと思われたその声は、突如、中断される。

亡霊が上体を大きく逸《そ》らしたかと思うと、次の瞬間にはホール全体に破裂音が響き——足元から放たれた弾丸が、亡霊の肩を掠《かす》めて行った。

「ちっ、惜しいですねぇ。見えてなくても関係ないって、それチート過ぎません？」

「……ほお、そういうことか」

悠々と立ち上がるハナコに、亡霊は納得がいったように距離を取る。

そっと破れた肩に手を置く姿はどこか嬉《うれ》しそうに、口元には仄《ほの》かな笑みが浮かんでいた。

「お嬢さんも悪魔と取引していたって訳か。何人かそういう奴《やつ》には会ったことはあるが、殺しても死なないのは初めてだなぁ……。で、そいつは何度有効なんだ？」

「私は絶対に死にませんよっ！　たとえ百万回殺されようと立ち上がり、決して貴方《あなた》の思い通りにはさせません。それは私が、誰よりも貴方に腹を立てているからです！」

「ハッ……そいつは、さっきのくだらないってのを言っているのか？　別に同情しろとは言わねぇがそいつは違《ちげ》えだろうよ。殺してくれる奴を探して六十年、育て始めてからは二十年、合わせて八十年だ！　それだけの時間を掛けているってのに、お前はそれをくだらないと断じるのか？」

「ええ、そうですよ！　自分が世界で一番不幸みたいな顔をして、それは全て悪魔の声に耳を傾けた貴方の責任でしょうが！　死にたいからって、自殺なんてくだらないモノのために他人の人生を歪《ゆが》めて良い理由なんてないんですよっ……！」

「じゃあオレはどうすりゃ良かったんだよォ!? 死んだ家族のことなんか忘れて、のうのうと偶然死ねるのを待ち続けろってか？ ふざけるなよ、それが出来なかったから今こうなってんだろうがッ！ 当事者でもねぇお前が知ったような口を利くんじゃゃ」

「――知ってますよ！ 大切な人が亡くなる苦しみなんて私は何十回と経験しましたよ！ 辛《つら》いことも苦しいことも貴方の何倍も知っていて、けれどそれ以上に、楽しいことだって同じくらい経験してきたんですよ！ なのに出来なかったって……それは貴方が初めから幸せになる権利を放棄しているだけじゃないですかッ！ 隣を見ればそこにあったのに、貴方は気付かなかっただけじゃないですかッッ！」

ハナコは激怒していた。過去を話した時には苦笑するばかりだったのに、今の彼女は髪を振り乱し、腹の底から叫び、感情を露《あらわ》にしている。

まるで自身を写す鏡のように――。

その気持ちは他の誰でもない、死ねない彼女だから理解できるのだろう。

「ああ、そうかよ……。だが、それはただお前が強かっただけだ！ オレとお前は違う、オレにはもう耐えられない。オレを止《と》めたけりゃオレを殺してみせろ――ッ！」

けれど、亡霊は拒絶する。

今度は防衛ではなく自主的に。叫び、拳を握り、ハナコへと殴りかかった。

全ての怒りをぶつけるように。八つ当たりするように。目の前の少女を殺し続けた。

その殺しはあまりにも一方的だった。いざ亡霊が攻めに転じればもはや戦いにすらなっておらず、殺しは単なる作業のようで……。

殺せば殺すほどに、亡霊の顔は落胆に染まっていき――そうして殺しが五回を越えた時、不意にその手は止《と》まる。

「っ……なんです、もう終わりですか？」

手足を折られ舞台上に寝転がるハナコは、気丈にも笑みを浮かべてみせた。

幾ら死なないと言っても痛みまで消えたわけじゃない。笑顔は苦痛に歪《ゆが》んでおり、その姿はあまりにも痛々しい。

「………っ」

ぎし、と奥歯が鳴った。

僕の為《ため》に、僕の所為《せい》で、ハナコが苦しがっている。

もう十分だ。もうやめさせるべきだ。それが分かっている、のに……！

けれど僕の身体《からだ》は動かない。勇ましくも痛ましい姿を見せられてなお、動けない。

「ああ、もしかして休憩ですか？　私はまだまだ余裕ですよ……っ！」

「……いいや、これ以上は無駄だよ。体力切れまで粘れば活路はあったかも知れないが、オ、オ、オレの身体はそれを待っ、ちゃ、あくれない。生存のために、この場から逃げ出しちまうんだ。だからもう――キミの出る幕は終わりだ」

言いながら亡霊は、覆いかぶさるようにしてハナコを組み伏せた。

不意に伸ばした両手は少女の身体へと伸び、ズタボロになった服は、胸元を中心に引き裂かれる。

「なっ、にをっ……！」

折れた腕では大した抵抗は出来ず、スポットライトの下に少女の輝くような肢体が露《あらわ》となった。

そのまま亡霊の手は少女の身体へと伸ばされるかと思われたが、しかし亡霊はその若き肌には一片の興味も示さず――ゆっくりと顔を上げて。

「聞けチビ、オレは今からこの女を犯す！　いくら拒否しようが泣きわめこうが関係ねぇ。穴という穴を全て犯し、二度と男を視界に入れらんなくなるぐらいグチャグチャに心を殺してやる！」

見開かれた黒い眼《め》が、立ちすくむ僕を一直線に射抜く。

犯し心を殺す――。その言葉の意味を理解しながら、僕の身体は未《いま》だ動かない。

「……め……てくれ……」

辛うじて動く唇を震わせれば、それを掻《か》き消すように亡霊は叫んだ。

「ああ、それだけじゃあねぇぞ！　この女が終われば次は他の奴《やつ》だ。こっちは命を奪ってやる！　学校の友達も、お前が慕っているメイドやボスも、お前の知り合いという知り合いを全て！　手足を捥《も》ぎ、腹を裂き、原型が分からなくなるくらい無惨に、全員まとめてお前の目の前でぶち殺してやる！　ああ、もちろん脅しじゃねぇぞ！　オレに捨てるもんなんかねぇ、オレは死にてぇんだ。警察に捕まるなんて怖くねぇ。むしろ全国に指名手配でもされれば向こうの方からオレを殺してくれるかもなぁ！」

「そ……んなこと……っ！」

「ああ、そりゃいい！　どうしてオレはそんな簡単な事に気付かなかったんだろうなぁ！　だったらもうお前の知り合いだけにこだわる必要なんかねぇえな！　この街、いやこの国の全員だ！　女も、男も、子供も、老人も、全部全部を巻き込んで殺してや」

「言――――うなぁあああああああああああッッッ！」

あんなにも重かった身体《からだ》は、そこでようやく動いた。
亡霊が口を開き、言葉を紡ぐたび、僕の何かがひび割れ崩れていくようで――。
僕はそれが怖くて。嫌で嫌で堪《たま》らなくて。拒絶するように、舞台を駆けあがっていた。

「だめっ！　死神さんっ……！」

「ハハッ、いいぞチビィ！　こっちだ！　さぁ、早くオレを殺せェ！」

「だ、まれッ……！　黙れって、言っているだろがぁあッ！」

ナイフの柄を強く握り、駆けてくる男を迎え撃つ。

掴《つか》み、払い落され、切っ先を突き立て、躱《かわ》され、殴り、殴られ、蹴とばし、跳躍で軽減され、鋭い踵《かかと》が顎を掠《かす》め——怒涛《どとう》の組み手には、一秒の余裕もなく。

がむしゃらに腕を動かしながら、僕は叫ばずにはいられない。

悲しくて、苦しくて、辛《つら》くて、辛くて、辛くて、もうなにも考えたく無かった。頭がどうにかなってしまいそうだった。

これ以上、亡霊を——……父さんを、嫌いになんかなりたくなかった。

一度も口にしたことは無かったけれど、僕は、本当は父さんが大好きなんだ。

自慢は出来ない人だったけれど、密《ひそ》かに尊敬していたんだ…………なのに！

「そうだ良いぞ、その調子だ！　やっぱりお前はオレが見込んだ殺しの天才だなァ！」

「ざ、けるなっ……ふざけるなよっ！　僕は……僕はなんのために……っ！」

大好きだった。大切な家族だった。だから僕は復讐《ふくしゅう》を誓ったんだ。

本当の両親なんてどうだって良い。血が繋《つな》がってなくても関係ない。大好きな父さんだったから、父さんとの日常を奪った相手を許せないと思ったんだ。

それ、なのに……！

「くそっ……！　くそ、くそ、くそくそっ——！」

目を背けるな、顔を上げろ！

アイツの姿を見てみろ、あれのどこが父親だ？

死を求め僕に向ける眼差《まなざ》しは、決して子へと向けるものなんかじゃないだろう！

コイツは本当の父親なんかじゃない。もちろん血なんか繋《つな》がってない。

赤の他人で家族なんかじゃないんだ！　それを受け入れろ……受け入れて、殺すんだ！

ここで僕が殺さなきゃこれからもっと大勢の者が不幸になるんだ。それは駄目だ、絶対にあってはならない。

そんなこと、大好きな父さんにさせてはならない……！

「つぐ……！」

だから僕がやるんだ。やれ、やれ、やれ、やれ……亡霊を殺せ！

僕なら出来る。沢山の命を奪ったその全てが僕の経験となり血肉となり——見えている。

僕の〝眼《め》〟は亡霊の動きを手に取るように追える。

実際に手合わせをしたことで、ようやく実力の差を知った。

父さんは僕よりも——数段弱い。

技術も、身体能力も、動きのキレも。その全てが僕を大きく下回っている。

思い描いていた復讐像《ふくしゆう》が。あんなにも大きかった父の背中が。こんなものかと……！

この程度かと、落胆させせられる……。

「……ざ、けるなっ……！」

これなら五年も必要なかったはずだ。死神と呼ばれるまで殺さなくて良かったはずだ。父さんを殺すのが――僕じゃなくても、良かったはずだ……！

「あ……あぁ、あぁあぁ、あぁぁあぁ……あぁぁあぁあぁあぁぁぁ……！」

叫ぶ。突く。叫ぶ。斬る。叫ぶ。抉《えぐ》る。

この五年で培ってきた経験は本能となり、既に僕の意志を解離していた。

何も考えずとも身体《からだ》は一刀のたびにズレを修正し、次の行動へと最適化していく――。

拮抗《きっこう》していた攻防は舞台を端から端まで移動する間に十対ゼロの比率になり、掠《かす》らなかった切っ先が肉を裂くほどまでに至っている。

悪魔の契約は生存のために動くけれど、その元となった肉体は人間のものだ。

動けば息が切れ、血を流せば足がフラつき、もはや彼に喋《しゃべ》る余裕はなく。

目に見えた疲弊は、そうして隙に繋がった。

ピアノの椅子に脚を取られ、体制が崩れれば、急所となる胸の前はがら空きとなり――

完全なる詰みだった。

「――――」

あと一手、切っ先を突き出せばそれで終わる。

僕の復讐が。僕の殺しが。僕と父との関係が……終わってしまう。

ああ、ぁあああぁあ――駄目だ……そんなの駄目だ！

逸《そ》らせ、殺せ、逸らせ、殺せ！　父さんは父さんだ、殺せ、説得すればいい、殺せ、まだ間に合う！　駄目だ、殺せ、殺したくない、殺すな、頼む、やめろ！

止《と》まれ、止まれ、止まれ止まれ止まれ止まれ止まれ止まれ止まれ止まれ――！

〈――うん、じゃあ止まろうか？〉

くすり、と。誰かが嗤《わら》ったような気がした。

それは父さんのモノとは違う。ハナコのモノとも違う。男とも女とも取れるその声は音楽を奏でるみたいに心地よく。

切っ先が父さんの胸を突く寸前。

止まることの無かった身体《からだ》は、クモの巣へ絡めとられたみたいに静止させられた。

「…………なんだ、これ……」

訳も分からず唯一自由な頭を動かせば、どこまでも白い荊棘がそこにはあった。

今まで存在しなかったハズの無数の荊棘《けいきょく》が、床や壁から伸び僕の全身に巻き付いている。

重みは一切感じられない。きつく縛られている訳でもない。

なのにまるでその場に縫い止められたように、僕はナイフを握る手はおろか指一本動かすことが出来ない。

それは目の前の父さんも、逆の舞台端にいるハナコも同様で。

白い荊棘に縛られたまま、二人ともが呆然《ぼうぜん》と、僕の斜め後ろを見上げていた。

「お前、は……ッ！」

遅れて、父さんは唇を震わせる。

いったいそこに何が居ると言うのか。確かそこは、荊棘が現れる寸前に声が聞こえた方向であったはずで……。

〈やあキクロウ、久しぶりだね。元気にしてたかな？〉

巻き付く荊棘を引き、振り返ってみれば――。

三メートルはあろうかという白き狼《おおかみ》が、グランドピアノの上から見下ろしていた。

7

それはいつからソコにいたのだろうか。

薄暗い中でも爛々《らんらん》と輝く灰色の眼《め》に、逆立つ白き体毛と、その存在は美しい彫刻のようであり。もし初めからソコにいたとしたら、決して見逃すはずがなく……。

だからきっと、それは突然現れた。

僕たちの身体《からだ》に巻き付く荊棘《けいきょく》も狼《おおかみ》によるものであるのは推測するに難しくなく、そんな超常現象を起こした存在がただの獣の訳がなく。狼はかつてこの国では神と崇《あが》め祭られて来たというが、神々しくも恐ろしい立ち姿に僕は畏怖し、ただ言葉を失った。

「なにを、ぬけぬけと……。今更なんの用だテメェ……！」

けれど父さんは、自分の何倍も大きな獣を恐れることなく。まるで憎き相手を見るように睨《にら》み上げた。

――記憶の限り、僕はそんな父さんの姿はあまり見たことが無い。

笑いはするけれど、基本的にそれ以外の感情は希薄な人だったから……。

傍観者となった今、僕は逆に、先ほどまでの高ぶった感情が嘘《うそ》のように冷めていった。

〈おいおいキクロウ。キミの願いを叶《かな》えた恩人に随分な言い草じゃないか〉

白き狼はふふんと鼻を鳴らすと、グランドピアノから音も無く飛び下り、こちらに向かって悠々と歩み始めた。

「なにが恩人だ……ふ、ざけるなぁあッッ！　お前がオレにしたことを忘れたなんて言わせねぇぞ!?　ようやく終わるってのに、邪魔をするんじゃねぇええ！」

〈うん？　あのさぁキクロウ、そういうのを逆恨みって言うんじゃない？〉

「〰〰〰〰ッッッ！」

人間のように溜息《ためいき》をつく狼に、父さんは声にならない声で叫び掴《つか》みかかろうとする。けれど床や壁から伸びる荊棘に繋《つな》がれた身では、たったの一歩すら前に進むことが出来ない。

「………」

理《ことわり》を無視した超常的な現象は、ハナコが蘇《よみがえ》った時に似ていて……。会話の節々から得られたヒントにより、僕はようやく状況を理解した。

この白い狼は、八十年前に父さんと取引したという――悪魔だ。

だから父さんが憎しみを向けるのも無理はない。

父さんは彼／彼女との契約により、自分の意志では死ぬことのできない不老の肉体を手に入れたのだから……。

〈――駄目だよキクロウ〉

ふわり、と。悪魔はもがく父さんの前に腰掛けると、まるで子供に言い聞かせるような声量で言った。

〈まだキミとの取引を清算していないんだから、勝手に死んで、勝手に満足したら困るよ〉

取引と、それはまさに人が魔女に転じるための儀式の事であろう。

ハナコは天啓を達成するために〝子宮〟と〝神との縁《えにし》〟を差し出して。

父さんは確か、家族の下へと帰るため〝なんでも差し出す〟と言ったのだったか——。

それがまだ清算していないって……？

どういうことかと隣に眼《め》をやれば、当事者である父さんも何を言われているのか分からなそうに、眉間に深いしわを刻んでいた。

「……なんの、話だ？」

〈うん？　ほら、あの時のキミは何ひとつとして持ち合わせてはいなかっただろう？〉

取引は等価交換なんだ、と悪魔は続けた。

曰《いわ》く——。

キクロウという人間は神に愛されている訳でもなければ、特異な縁も無く、少々腕っぷしに覚えがあるという事以外はどこにでもいる普通の男でしかなかった。

加えて当時の彼は飢餓で死に掛けており、弱った肉体では四肢から臓器に至る全てを差し出そうとも、生還するという願いを叶《かな》えることは出来なかったという。

けれど事実として——取引は成立している。

父さんが不老の身として現在も生き永らえている以上、そこは疑いようがない。

即《すなわ》ち悪魔が言った、まだ清算し終えていないという言葉が全てだろう。

「……おい、つまりお前はっ！」

〈うん、やっと分かってくれたね。その通り、対価は未来のキミに貸す事になったんだ。願いを叶えてからだいたい千年分。キミからは『幸福になる権利』を貰《もら》う契約になっているんだよ。だからあと九百二十年分、絶対に逃がさないよ？〉

「――ッ！」

本来、狼《おおかみ》というのは表情が分かりにくい生き物だ。

けれどその悪魔は、確かに嗤《わら》っていた。口角を上げ、瞼《まぶた》を弓なりに曲げ、にぃと卑しく笑みを浮かべているようだった。

その顔はまさしく〝悪魔〟のように邪悪であり――。

僕は真正面から向けられたわけではないのに、ぞくりと、全身の毛が逆立つようだった。

「……なん、だ……それは……。なんなんだ……それはッ！」

しばしの沈黙があって。

そんな笑みを前に、父さんは眼球を揺らし、喉が張り裂けんばかりに叫んだ。

「オレは幸福になれない？　じゃあ、なんだってんだ！　オレの家族が焼けちまったのは、家族の存在がオレの幸福だからで。何をしても満たされないのも、やっぱりオレが幸福になれないからで。その全てがお前との、取引が原因で――！　ぜんぶ……ぜんぶ、お前のせいだったってのか!?」

〈あはは、嫌だなぁ。だからボクのせいにしないでよ。なんでも差し出すって言ったのは他ならぬキミだろう？　ボクはただそれを聞き入れただけで。言おうにも、あの時のキミは聞かなかったじゃないか。現代風にたとえるなら、契約書の内容を確認せずに判子を押すようなものだよね。うん、ほら、やっぱりキミが悪い〉

「っ……オレが……悪い……？　オレのせいで、イチョウが……レンジが？」

死んだってのか――。

そううわごとのように呟《つぶや》きながら、父さんは愕然《がくぜん》と項垂《うなだ》れた。

絶対に折れてはいけない支えに亀裂が入ってしまったかのように……。その哀愁漂う姿は、先ほどまでの僕と似ているようだった。

「…………」

死が目前に迫る中、唯一手を差し伸べてくれた者に縋《すが》るのは果たして罪なのか？

いいや、そんなことは無いはずだ。たとえ誰が同じ状況でも、悪魔の誘惑を拒むなんてのは難しいハズで。だから仕方が無かった。それは父さんの所為《せい》なんかじゃない。

そう――開きかけた口を、僕は寸前で閉ざす。

緋野《ひの》ユズリハは、緋野ギンジロウのせいで不幸になった。それは客観的にも揺るがない事実であって、僕の同情は、余計に彼を傷付けるだけだから……。

〈まあ、そんな訳でこの話は終わりだよ。それよりも今は——ユズリハ。キミは面白いな〉

「…………え？」

　意識外から名前を呼ばれたことに、僕はややあって顔を上げる。

　すると白き狼《おおかみ》は耳を動かし、どこか嬉《うれ》しそうにこちらへ鼻先を向けていて、

「僕が、面白い……？」

〈うん、そうさ。キクロウが死ななかったのはボクとの取引で〝不老〟と〝生存本能〟を獲得したからだけど……。いやはや驚いた。まさか人の身で、悪魔の力を超えかけるだなんて凄《すご》いよ〉

　称賛に値する、と。悪魔は全てを見透かしているような口振りで言った。

　確かに……邪魔が入らなければ、僕はそのまま父さんの胸を貫き殺していただろう。

　もはやそれは避けようのない運命で。結果的に彼／彼女に助けられた形だが、それでも感謝はしてはいけない気がした。

〈うん。それはきっとキミの心地よい怒りや素質が関係しているんだけど。おおきな理由は魔女との縁だね。二人……いや、三人かな？　ここまで魔女に運命を捻《ね》じ曲《ま》げられた子を見るのは初めてだよ。うん、ある意味キミは犠牲者とも言えるのかな？　まあともあれ、ユズリハ——キミには、十分過ぎる資格があるよ」

「…………」

いったい何の話をしているのだろう……。

魔女との縁だとか、捻《ね》じ曲《ま》げられた運命だとか、資格の有無だとか。たった一日でいろんな事が起き過ぎて、もう頭はパンク寸前だ。

何も考えたくない……。そうやって鈍った思考力で呆然《ぼうぜん》と辺りに眼《め》をやれば、地に縛り付けられたハナコが、突然何かに気付いたように息を飲み、

「だ、駄目です死神さん！　悪魔の言葉に耳を傾け――っんぐ⁉」

〈外野は黙ってなよ〉

たたん、と。悪魔が前足を鳴らせば、何か忠告しようとした口は新たに現れた白き荊棘《けいきょく》によって覆われた。

〈キミは確か、ルーくんと取引した娘だったかな？　ボクたち悪魔は互いの眷属には不干渉という協定を立てているから、一度は見逃すけどさ。あんまり邪魔をするようなら、次は消してしまうからね？〉

言葉は重く、荊棘は少女の柔肌をきつく縛り上げる――が。そんな脅しにハナコは屈しない。声が発せないとなれば、今度は力強い眼差《まなざ》しで僕へと訴えかけてくる。

そいつは危険だと。決して耳を傾けるなと。強く、強く、強く。

けれど悪魔はそれを邪魔するように、僕とハナコの間へと移動して――。

〈うん、そういえば自己紹介がまだだったよね。ボクは《憤怒》を司《つかさど》りし悪魔――サタン。さあユズリハ、キミの願いは何だい？〉

どこまでも澄んだ心地の良い声で、白き悪魔《サタン》は音楽を奏でるように微笑《ほほえ》んだ。その笑みに呼応するように。周囲の風景は、彼／彼女の身体《からだ》と同じように白く、ゆらゆらと広がるように色が消えていき……。

世界は遠く、深く、霞《かす》んでいくように――僕の意識は、そこで漂白された。

09 間奏曲 ~interlude~ 目的と願い

〈さあユズリハ――キミの願いは何だい?〉

いつしか耳にした言葉に、失意の中にあった男ははっと顔を上げました。

眼前にいたはずの白き獣は、気付けば少年のもとへと移動しており――。かつて自分が受けたのと同じように、取引が持ち掛けられたようでした。

しかし少年は何も応えません。

その眼《め》は虚《うつ》ろに開かれ、首はグッタリと下げられて。脱力のまま荊棘《けいきょく》に全身を巻かれる姿は、まるでよくできたマリオネットのようであり……。

「……なにを、した?」

それが取引の結果で無いのは明白でした。

だから何をしたのだと疑問に口が動けば、白き獣はおかしそうに口角を吊《つ》り上げます。

〈おや、気付いたんだねキクロウ。てっきり気が触れたかと思っていたけれど……あれかな、偽りの息子とはいえ十年近くも暮らせば、多少、情みたいなものでもあったのかな?〉

「情、だと……?」

なにを戯《たわ》けたことを言っているんだ――と。

男はそう笑い飛ばそうとして、けれど否定の言葉は続きませんでした。

少年が類を見ないほどの殺し屋となったのは計画通りではありましたが、男が姿をくらませたのは少年が十一歳の頃になります。第二成長期が始まったばかりの子どもとなれば身も心も未熟であり、悪意の満ちる裏社会を進ませるには早すぎました。

少なくともあと五年……。

確実性を高めるならば、それだけの時間は必要だったはずなのです。

「…………」

――では、何ゆえ待たなかったのか。

それはまさに、白き獣の言う通りでしょう。

自分を父と慕い、日々大きくなっていく息子の姿に、これ以上一緒にいてはマズイと、男は無意識のうちに恐れてしまったのです。

〈その顔、図星だね……。うん、どうやらこれ以上追及する必要はないかな。それよりも今は、何をしたのかだったよね。彼が戻ってくるまで時間が掛かりそうだし、その疑問に答えようかな〉

白き獣はご機嫌に鼻を鳴らすと、再び少年へと顔を向けました。

〈まずは前提として、ボクたち悪魔が願いを叶《かな》えるのは何も慈善事業なんかじゃないんだ。ある目的のために――人間の欲望や、感情エネルギーを集めているんだよ。それらは叶え

る願いが大きいほど回収することが出来るんだけどさ。その上で、〉

人の身で悪魔の力を越え、復讐《ふくしゅう》を完遂しかけたユズリハの怒りは格別だよ――と。

悪魔は心地の良い声で、歌うように続けます。

〈ああ、復讐というのはもう違ったかな。キミのネタバラシによって彼は既に復讐心を失っていたし、あれは殆《ほとん》ど自暴自棄みたいなものだったよね〉

「…………」

ふと、そんな言葉に男は先の光景を思い出します。

五年という月日で見違えるほどに逞《たくま》しくなった少年は、歯を食いしばり、泣きそうになりながら刃《やいば》を振るっていました。それはやはり白き獣の言う通り。あの瞬間、少年を突き動かしていたのは憎しみではなく――優しさ、だったのでしょう。

男は今更になって、じくりと心が痛んだ気がしました。

「それで……お前は何をしたんだ?」

〈うん。ボクはね、彼に有り得たかもしれない未来《ゆめ》を見せているんだよ。目的が失われた今、そもそも彼という人間が復讐を誓ったのは何故だったのか――彼自身も気付いていない願いを自覚できるように。自覚してしまえば、脆弱《ぜいじゃく》な人間では抗《あらが》えないだろうね。今までボクと契約をしてきた者達《たち》と同じように――ある意味『復讐』よりもずっと難しい本当の願いを、彼は乞うように口にするさ〉

「……本当の、願い……？」

父親として向き合わなかった男に、そんなものは想像もつきません。

邪魔する権利も、口を挟む資格も……きっとありません。

けれど――それでも。分かっていながら、男は願わずにはいられませんでした。

「――ユズリハ……ッ！」

それは悪魔の思惑通りにしたくないという意地だったのか、はたまた今さら自覚した情だったのか。男は少年の名を呼び、強く願いました。

オレは自分の罪や責任から逃げてしまったけれど……。

お前は負けるな、ユズリハ――と。

10 夜想曲～nocturne～例えばそれは、ありふれた日常の話

1

白く、心地よい微睡《まどろ》みを漂っている。

いつのまにか眠ってしまったのだろうか。内から湧き起こる虚脱感に眼《め》を開くのが億劫《おっくう》で、僕は身を委ねてみた。

あと十秒。このまま目を瞑《つぶ》っていれば、僕は深い眠りへと落ちて行けるだろう。


『――■■■■……ッ！』


……だけど、誰かがそれを良しとしてくれないみたいだ。

僕が眠るのを阻むように名を呼び、身体《からだ》は何者かによって揺さぶられ始めた。

ユラユラというよりはグラグラと。

そんな風に乱暴にされてしまえば眠り続けることなど出来るはずもなく、意識は深海から水面へ急上昇するように引っ張られていき――

「もお、いつまで寝てるの？　ほぉら、間に合わなくなっても知らないぞー！」

ゆっくりと瞼《まぶた》を開けば、見下ろす少女の顔がそこにあった。

つい最近も似たような状況にあった気がするが、その少女は恐れ多い女神というよりはどこか親しみやすい、たとえるならば綿あめみたいな雰囲気の女の子で。

首の後ろで束ねた長髪は僕も良く知る、委員長こと柊《ひいらぎ》トモリだった。

「あ、やっと起きたな寝坊助《ねぼすけ》めぇ～！　そんなんじゃ学校に遅刻しちゃうでしょー！」

「……がっ、こう？　いや、何言って――……って、え？」

居るはずの無い者の登場に慌てて上体を起こして、眼に入る光景に言葉を失った。

黄ばんだ壁紙、黒ずんだ畳、破れた襖《ふすま》、陽《ひ》が差し込むボロカーテンと、そこは僕が幼少より住んでいる自宅の寝室で間違いなく。

誰かが着替えさせたのか、僕の装いもTシャツにスウェットと寝巻姿になっていた。

「……なんだ、これ」

僕はさっきまで第七地区のドリームランドに居て、悪魔と対峙《たいじ》していたはずだ。

突然景色が白くなったのは覚えている。そんで次の瞬間には、この場所――と。

なにがなにやら、訳が分からない……。ぶつぶつと口に出し状況整理をしていると、委員長はそんな僕にこてんと首を傾《かし》げた。

「どうしたの？　もしかして、なにか怖い夢でも見たのかな？」

「……夢？」

殺されたハズの父さんが実は生きていて、僕の五年にもわたる復讐《ふくしゅう》は全て父さんが死ぬために仕組まれたもので、そんな父さんを——僕はこの手で殺《あや》めかける。

ああ、確かに悪い夢だ……。そんな復讐の結末を、僕は認められるはずがない。

思えば《亡霊》と戦う夢を見るのは今回が初めてじゃないし——。そうさ、だから夢だ。

こうして自宅で目が覚めたのが何よりの証拠じゃないか。

「…………そっか、夢だったんだ」

安堵《あんど》から深く息を吐き、額の汗を拭う。

最後に寝た記憶から逆算すると、荷運びの依頼は無く、《亡霊》から電話が掛かって来たというのも夢であったのか……。それはちょっと落胆をせざるを得ないけれど、あんな悲劇が現実に起きたらと考えればずっとマシだった。

それに慌てることは無い。半月前に少なからずその目論見《もくろみ》を邪魔したのだから、そう遠くない未来に本物の《亡霊》から接触があるだろう。

だからその時までは、ゆっくりと学校生活でもおくりながら——って、ちょっと待て。

「どうして委員長が、僕の部屋にいるのさ……？」

ふと、僕は湧き出た疑問に顔を上げる。

すると隣に正座をする委員長は、どこか不思議そうに相槌《あいづち》を打って、

「うん？　そんなの一緒に学校に行くために決まってるじゃん。あ、もしかしてユズくんはまだ寝ぼけているのかなぁ？」

「ゆ――――ユズくんッッッ!?」

僕は思わず布団を蹴り飛ばす勢いで立ち上がった。

おかしい。なんだこれ、おかしいぞ。委員長と僕は一緒に通学する間柄でもなければ、一年の時から今日まで僕を『緋野《ひの》くん』と呼んでいたはずで……。

「わっ……どうしたのユズくん？　そんな急に大声だして、わたし変なこと言ったかな？」

「いや、むしろ！　さっきから委員長は変な事しか言ってないと思うよ！」

「ん……そんな、変なのはユズくんの方じゃん！　さっきから委員長、委員長って。そんな付き合う前みたいな呼び方、寝ぼけているにしてもなんだか寂しいよ！」

「――――」

聞き間違いではないだろう。寝起きとは言え、僕の聴覚は正常だ。

拗《す》ねたように頬《ほお》を膨らませるその表情からしても、冗談を言っている感じではない。

となれば可能性は二つ。彼女が一方的に僕と付き合っていると思っているか、『付き合う』という単語の意味に僕と彼女の間で齟齬《そご》が生まれているか、だ。

早急に確認するため、僕は委員長に向き合った。

「あの、つかぬことをお聞きするんですが委員長——いやトモリさん。付き合うってのは、両思いの男女が手を繋《つな》いだりチューしたりする。その……恋人、という認識でよろしかったでしょうか？」

「なっ——！　ゆ、ユズくんは私をからかっているのかなぁ⁉」

何かおかしなことでも言ってしまったのだろうか……。

委員長は突然僕と距離を取ると、どこか怒ったように頰《ほお》を赤面させて、

「た、確かにその恋人だよっ！　で、でもチューはまだ駄目だからっ！　わたし達《たち》、まだ付き合って二週間だもん！」

めっ、と。まるで子供を叱りつけるみたいに僕を指さしそう言った。

ふうむ、なるほど……？　つまりこれはアレか。

『目が覚めたら、クラス委員長（かわいい）と恋人だった件！』

……って、いやいやいや。そんなラノベみたいな話あるワケがない。

そりゃあ僕は少なからず彼女のことを好ましく思っているけれど、これは違うだろう。

こんな都合の良い展開、それこそ今のこの状況こそが〝夢〟のようであって……。

「ひゅー。朝っぱらからお熱いねぇ、お二人さん？　おじさんはてっきり、もう夏が来た

のかと思っちゃったよ」

まるで決定づけるように、そのしゃがれた声は部屋へと入って来た。

人間が初めに忘れる記憶は『声』だというけれど。五年経《た》った今でも、どうしてか耳馴《みみな》染《じ》みのある男の声に、僕はほとんど反射的に目を向ける。

「……とう、さん……？」

「おう、どうしたチビ？　そんなオバケでも見るような顔をして」

そこにはまさに、死んだはずの父さん――緋野《ひの》ギンジロウが立っていた。

寝癖だらけの髪や、だらしがない服装や、気の抜けた表情など……。その姿は五年前のあの日、最後に見た姿と変わらない。

「どうしたも、こうしたも……！　なんで、どうして父さんがここにいるんだよ!?」

「あー？　んなもん、自分の家なんだから当たり前だろうがよ」

「いや、だって……！」

アンタは五年前に死んだはずで――。

それなのにどうして僕の前に立ち、僕の前でそんな風に笑っているんだ？

おかしいだろう。これじゃあまるで、さっきの悪夢と同じじゃないか……！

「ああ、さては邪魔したのを怒っているのか？　そりゃすまなかった。おじさんはちょっと酒でも買ってくるから、トモリちゃんと存分にイチャコラを再開してくれ。……あ、でも避妊だけきちんとしろよ？」

望まぬ子なんて可哀想《かわいそう》だからな、と。

父さんは言葉を失う僕にひらひらと手を向け、踵《きびす》を返す。

デリカシーなんてものは欠片《かけら》も感じられないテキトーな言いぐさは、まさしく父さんそのものであり……。

呆然《ぼうぜん》とその猫背を見つめていると、委員長は慌てて立ち上がった。

「ちょ、おじさん違うから！　わ、わたしとユズくんはまだそんなんじゃないからぁ！」

「おー？　んだ、照れることはねぇよトモリちゃんよ。好き合っている若き男女が揃《そろ》えばするのは当たり前だ。おじさんやトモリちゃんのご両親、ひいては人類が文明を築いているってのが証明しているだろ？」

「っ……！　そ、それは……そうかもだけどぉ！」

「ああ、それとさっきは避妊がどうのって言ったが、アレは一応親としての建前みたいなもんだ。こう見えておじさんは金持ちなんでね、養育費なんてものは考えなくていい。子どもの一人や二人、ズコバコと好きなだけ作りゃあ良いさ」

「ずこばこ……って！　だ、だからまだ、わたしたちには早いと言ってるじゃない……！　せ、セクハラで訴えるよおじさん！」

「はっはー、そりゃあ怖い。いや、悪かったよトモリちゃん」

「い、今さら謝ったって知らないんだからっ！」

「………」

二人のやり取りは息子の彼女と父親のそれであって、そこに何ら特別なことは無い。

けれど委員長は僕の彼女ではないし、父さんは五年前に亡くなっているのだ。

だからこんなどこにでもありふれた光景は、緋野《ひの》ユズリハには絶対に起こりえない事であって。僕はここまできて、ようやく自分の愚かさを自覚する。

しっかりしろ……。あんなにも鮮明で生々しい体験が〝夢〟であるハズがないだろう！


「なんのつもりだよ――悪魔」

どうやら僕は、また現実から目を背けていたらしい。

直前の状況を考えれば、悪魔が何か力を使いこの幻を見せているのは明白だろうが。

「はあ、悪魔だぁ？」

僕が自身の額を殴ると、父さんはどこか馬鹿にするように笑った。

「トモリちゃんは〝小悪魔〟って言うには純粋すぎるし。となるとそいつは、まさかおじさんのことを言っている」

「──黙れよニセモノが。何のつもりだか知らないけど、こんな幻想……ふざけるなよッ！　言いたい事があるならテメェの言葉で語れよッッッ！」

ふつふつとした怒りは言葉にするたび大きく燃え上がり、僕の声は、三軒となりまで聞こえているのではと思えるほど荒々しく響き渡った。

一秒、二秒。虚空へ消えた声に──悪魔は応えない。

「ゆ、ユズくん……どうしたの？」

秒針の音が妙に耳障《みみざわ》りな沈黙の中、代わりに聞こえたのは細く震える声だった。

自然と目が向かえば、そこには怯《おび》えたように肩を揺らす委員長がいて。たとえ嘘《うそ》だと分かっていても、異常者でも見るかのような眼差《まなざ》しに、ぎしっと心が鳴った。

「～～～～～っ！」

僕は耐えられず、逃げるようにして玄関へと駆ける。

そのまま流れるように靴を履き、乱暴に扉を開け──途端《とたん》、白い日差しに目が眩《くら》んだ。

「っ……なんなんだよ、本当に！」

顔も、声も、仕草も、この陽《ひ》だまりの匂いすら感じられる太陽も。

五感から入って来る情報は、何もかもが現実的だ。もしかすると僕は、全く別の世界へ紛《まぎ》れ込んでしまったのではないか──。と、そんな思いに足を止《と》めかけて。

「ま、まってユズくん！　わ、わたしが何かしちゃったんだよね？　だったら謝るから！

お願いだから話を」

「――――ッ！」

背後から届く声に、僕は振り返らず足を踏み出した。

これ以上心が痛まずに済むように、走って、走って、走って。

十秒もすれば引き留める声は聞こえなくなったハズなのに――。いくら距離が開こうと、少女の悲痛な声は耳にこびり付いたまま消えてはくれなかった。

2

もうどれだけ走っただろうか。十分か、二十分か、あるいは一時間か。

そんなことも分からないくらいがむしゃらに足を動かし続けていたが、体力は無限には続かない。進まねばという意志を無視して、脚はもつれるように停止した。

「は、はぁ、はあ……！　くそ、なんで嘘《うそ》の世界のくせに――！」

息が切れるんだ、と。そんな悪態すら酸素が足りず続かない。

全力で身体《からだ》を動かせば心臓は破裂せんばかりに脈打ち、全身からは汗が噴き出る――。

そんな当たり前の事に、この世界があまりにもリアルであることを実感させられる。

「っ、あ――？　なんだ、こんなとこまで来てたのか……？」

片袖で汗をぬぐい、おもむろに顔を上げれば、そこは『あんこキャット』の前だった。

走るうち無意識にここへと辿《たど》り着《つ》いたのは、きっといつもの癖であったのだろう。

喫茶店らしく冷えたクリームソーダで喉の乾きを癒《いや》したい気分だが、生憎《あいにく》と『あんこキャット』の営業時間は昼前からとなっている。いくらナノハでも有数の人気店とはいえ店前で待機するには早く、また給仕してくれるメイドもいないだろう。

「……そうだ、ハナコは？」

呆然《ぼうぜん》と看板を見上げながら、ふと思い出す。

この偽りの世界に来る前。あの場所にはハナコだっていたのだから、もしかすると僕と同様この世界に招かれているのかもしれない。

父さんが偽物《にせもの》だったのだから可能性は限りなく低いけれど……。

仮に同じ状況ならば、お互いに馴染みの場所で合流を試みるのではないだろうか。

「どうせ行くところなんてないんだ……」

駄目で元々。僕は呼吸を落ち着けながら間隔の狭い階段を上り、二階のモダンな扉をカランコロンと開いた。

「…………あれ、なんだ？」

そのまま店内へと一歩踏み出して、僕は視界の違和感に足を止《と》める。

それは漠然と何かが違うという事しか分からない微細なもので。

十数秒、全体を見回して「あ――」と、僕はようやく理解する。

たとえばそれは本来あるべき床の傷が存在しなかったり、斜めにズレた壁のシールが正しく貼られていたり、カーテンの色合いが微妙にくすんでいたり、と。

いくらそっくりに造られた世界とはいえ、悪魔の力にも限界があるようだった。

「はっ、やっぱり偽物《にせもの》じゃないか……」

まるで自分に言い聞かせるように、僕は勝利めいた感覚に笑みを零《こぼ》した――その瞬間。

コツっ、と背後から靴音が響いてきた。

「ハナ――！」

「ったく、誰だよオイ。クローズの掛札が見えなかったのかよ？」

「………ボス？」

振り返った先には、気怠《けだる》そうに煙草《たばこ》を咥《くわ》えるボスがいた。

事務所で眠っていたのか、髪はばらつき、白のワイシャツには皺《しわ》ができ、向けられる眼差《まなざ》しはいつにも増して不機嫌そうである。

頭のてっぺんからつま先まで。ボスの立ち姿にはちっとも違和感がなく、店内と違いホンモノを忠実に再現しているように思えた。

「あ？　んだテメエ、じろじろと人様を舐《な》めるように見やがって。俺はストリップ嬢じゃねぇぞ気色悪い」

「ちょ――！　そ、それはこっちの台詞《せりふ》っすよ！　ボスが急に変なたとえするから、うっかり想像しちゃって――……って、そうじゃなかった」

つい、いつもの調子で軽口を叩《たた》きかけたが間違えちゃいけない。

彼は偽物なのだから、楽しい会話はやめにしてさっさと本題に入ろう。

「それよりもボス。ハナコ、来てますか……？」

「ハナコぉ？　うちの従業員《メイド》にそんな名前の奴《やつ》いねぇよ」

「――え？　いや……ハナコですよ！　山田《やまだ》ハナコ！」

「だから知らねぇっつってんだろクソが」

心底面倒くさそうに、ボスはばらけた前髪を掻《か》きあげた。

その様子はとぼけている感じなどではなく……。偽物のハナコが出てくることはある程度覚悟しているつもりだったけれど、いないとなれば話が違ってくる。

予想外の返答に拳を握ると、ボスは刀傷みたいな眼《め》をさらに細くした。

「つうかさっきからボス、ボスって。お前みたいなガキ、組織《ウチ》にいたか？」

「な――にを、いって……？　悪い冗談は――」

やめてください、と。そう言いかけ僕は口を噤《つぐ》む。

……ああそうだ、さっきの事を思い出せ。委員長が僕の恋人を自称し、父さんが普通の父親のように振舞う世界なのだから、そういう事もあり得るだろう。

「今度はそういう設定かよ……！」

思えばヒントは隠されていた。

ボスが僕を知らないと言うならば、僕はここに出入りをしていないという事で。

店内が現実と微妙に異なっているのは、本来であればその全てに緋野ユズリハが介入しているからだ。

結果――。

不注意で付けた傷は無く、頼まれて貼ったシールは僕以外の手で正しく貼られ、メイド達《たち》と買いに行ったカーテンは僕の意見を取り入れることなく選ばれる。

「っ……」

まるで「ここにお前の居場所はない」と言われているようで目眩《めまい》がした。

頭に手を置き一歩後ずさると、ボスは追い打ちをかけるように低音を響かせる。

「さっきからワケの分からんことばっかり言って、ここは頭の病院じゃねえんだよガキ。分かったらさっさと出ていけッ！」

さもなくば実力行使に出るぞと、眼差《まなざ》し一つで人を殺すような殺気が振りかかる。

声も顔も同じハズなのに、全く違う……。いつもは恐ろしい中にも優しさを感じられるのに、このボスが僕に向ける感情はどこまでも冷たかった。

「…………ッ」

返事をしなかったのはせめてもの抵抗だったのか。

僕は叫び出したい感情を抑え込み、背を向け逃げ出した。

「っ、はぁ……はぁ――！」

呼吸が乱れる。気持ちが悪い。気を抜けば今にも吐き出してしまいそうだ。

けれどこの場所に留《とど》まるのを僕は許されていない。一歩、また一歩と、壁に手を突き耐えながら、ゆっくりと階段を下りきって――それっきり。

僕はその場から歩けなくなってしまった。

体力はとっくに限界を迎えている。心の方も、今は耐え難《がた》い孤独に揺らいでいた。

立っていることが出来ず崩れるようにシャッターに寄りかかれば、じくじくと右の踵《かかと》が鼓動に合わせて痛む。

「は、はっ……そう言えば靴下、履いていなかったっけ」

ここまでアドレナリンが出ていて気付かなかったが、どうも靴擦れを起こしているらしい。そりゃ、あれだけの距離を素足に靴で走れば足の皮も剥《む》けるだろう……。

痛みから再び立ち上がる気力がわかず、僕は視界を閉ざし、膝を抱えた。

――さあユズリハ、キミの願いは何だい？

闇の中に、最後に耳にした白き獣の声が響く。

あの瞬間、悪魔は僕に取引を持ち掛けていたのだろう。そこは間違いない。けれどハナコや父さんは、契約の際にこんな幻覚を見せられたとは言っていなかった。

同じ人でも分かり合えないことがあるというのに、相手が悪魔となればその考えは読める訳も無い。だからもう、お手上げだった。

「オーケー、僕の負けだよ……。取引でもなんでもするから……早く、出てこいよ」

膝を抱えたまま、僕は吐き出すように呟《つぶや》く。

そんな細い声は街の騒音にあっという間に消えていき——やはり悪魔は応えない。

「……ざ、けるなよッ！」

苛立《いらだ》ちからシャッターを殴りつけた。

ガンと響く音に胸のムカつきが一瞬だけ解消されたような気がしたが、直《す》ぐに襲ってくる拳の痛みに苛立ちはますます大きくなったようだ。

「願い……？　ああ、そんなのここから出る事さ。だから早く、ここから出せよ！」

周囲の眼《め》なんかどうでもいい。いくら精巧に造られた世界とはいえ、どれもこれも幻だ。

だから叫ぶ。殴る。叫ぶ。殴る。

叫んで、殴って、叫んで、殴って——けれど悪魔は応えない。

「っ……いい加減に、しろよ」

憤怒の悪魔、サタン。もし奴《やつ》の目的が僕を怒らせることなら満点だ。
僕のこれまでを否定するこの世界は、先の見えない暗闇に放置されたように心細く——

「いい加減にした方が良いのは、貴方《あなた》の方だと思いますよ？」

そんな闇の中に……突如、月明かりが射《さ》した気がした。
聞こえてきた芯の通った声は、間違いなく僕が良く知る少女のもので……。
けれどあまりにもタイミングが良すぎて、もしかしたら幻聴なのではと怖くなる。
だからたっぷり十秒かけて。僕はふらふらと、明かりを求める虫のように顔を上げた。

「……ハナ、コ……？」

「はいはい、ハナコさんですよー……っと。私が分かるなら気は確かなようですが、まったく貴方は何をしているんですか？　自分を痛めつけたところで状況は改善しませんよ」

——幻聴などではなかった。
僕の前には確かに、ただそこに居るだけで場の空気を掌握する少女が立っていて。
ハナコは安堵《あんど》させるように苦笑を浮かべては、しゃがみ、僕の手を取った。

「あーあ、こんなに血が出ちゃって……。痛くないのですか？」

「……痛いよ」

身も心も。痛くて痛くて堪《たま》らない。

けれど涙が零《こぼ》れそうなのは、キミがギリギリのところで僕を見つけてくれたからだ。

もう大丈夫だと。握られた手からは柔らかな温度が伝い、僕の全身を満たしてくれる。

それでも少しだけ不安は拭いきれなくて……。僕は念入りに、手を握り返した。

「ハナコは、僕のことが分かるんだよね……？」

「あは、なんだか不思議なことを言いますねー」

僕のちっぽけな不安を吹き飛ばすように、ハナコはいつものように笑った。

思えば彼女と出会ってからそう長くないはずなのに、僕は何度も彼女に救われている。

……だからきっと、もう大丈夫だ。

ハナコが隣にいてくれさえいれば、これからどんな幻を見せられようと乗り越えられるはずで——。

「確か、緋野ユズリハさんでしたよね？　二週間くらい前とは言え、ひったくりから荷物を取り戻してくれた恩人の名は忘れませんよ～」

「…………え」

ぴしり、と。何かが割れるような音がした。

それは心が砕けてしまったのか、あるいは一瞬のうちに心が凍り付いたのか。

「あら、ユズリハさん？　なんだか突然お顔色が……」

酷《ひど》い耳鳴りに、目の前の少女が何を言っているのか理解できない。

視界は熱に浮かされたみたいに白く霞《かす》んでいき、ただ一つ、僕はそんな中で悟った。

きっとこの世界で――僕は《死神》では、ないのだろう……。

3

『――■■■■……ッ！』

誰かから呼ばれた気がした。

煩わしさから薄く瞼《まぶた》を開いてみれば、途端《とたん》にオレンジ色の光で目が眩《くら》む。

どうも記憶が曖昧だ……。逃げるようにハナコと別れたあと、誰かを殴ったような気もするし、殴られたような気もする。いろんな人に会ったような気がするし、中にはかつて僕が殺した者だっていたような気さえする。

そうして気付けば自宅の布団の上、窓から射《さ》しこむ夕日から半日近く眠っていたらしい。

「……だめ、か」

横になったまま、口からは溜息《ためいき》が漏れた。

此処《ここ》で目が覚めたということは、僕はまだ偽りの世界に囚《とら》われたままなのだろう。

嘘《うそ》の世界で眠るだなんておかしな話だが、幸いにも十分な睡眠が取れたため、少しだけ考える余裕がうまれてきた。

委員長と恋人で、ボスと赤の他人で、ハナコとただの知人でしかない世界。

現実との関係性がバラバラで初めは酷《ひど》く不格好な世界に思えたが、頭が冷えた今なら、ある一つの前提から全てが狂っているのが分かる。

「……全部、父さんがいるからだ」

僕の復讐《ふくしゅう》は、父さんが死んだ事から始まった。

父さんが居なくならなければ復讐を決意する事はなく、人を殺す必要もなく、《死神》は生まれず、僕は普通の高校生としてありふれた日常を送っていただろう。

ここはそんな——ありえたかもしれない可能性の世界だ。

「まあ、それが分かったところでどうしようもない……と?」

二度目の溜息《ためいき》を吐《つ》いた瞬間、がちゃがちゃと玄関のノブが回る音がする。

背を向けているため姿は確認できないが、続けて聞こえた足音に誰が入って来たのかは直《す》ぐに分かった。

「よお、不良息子。あのまま学校をサボったらしいなぁ?」

予想通り、それはしゃがれた声の父さんだった。

せっかく落ち着いてきた感情を掻《か》き乱されたくなく、僕は背を向けたまま息を殺す。

そのまま目を瞑《つぶ》っていれば、布団の横に人が座る気配があって、

「いや、おじさんは別にかまわんがな。一日二日サボったところで何も変わりはしねぇし、そういう気分の時だってあるだろうさ。でもよチビ、好きな女の子を心配させるのはちょっと違うんじゃねぇのか？」

……ああ、うるさいな。

もっともらしいこと言いやがって、まったくその通りだよ！

たとえ偽物《にせもの》でも、僕だって委員長にあんな顔をさせたいわけじゃなかったさ。

「あんな純粋な子、そうそう居ないぞ？ 女ってのはだいたい、自分の言ったことなんて数時間後には忘れ、平気で真逆のことを言ったりする万華鏡みてぇな生き物なんだ。綺麗《きれい》で華やかで、自分が傷付かないためにコロコロと感情を使い分けるのが上手《うま》いんだ……。けど、トモリちゃんはそういうのが無いだろう？ あの子は打算が無くて、裏表も無い。普通に傷付く、普通の女の子なんだよ」

「…………」

「まあ顔はちょっと地味目だが、むしろその垢《あか》ぬけなさが良いっつーか。チビはまさか、あの子の魅力を知っているのは自分だけなんて思ってないだろうな？ だったらそれは勘違いだ。ああいうタイプはな、結構モテるもんなんだよ。ちゃんと捕まえておかないと、あっという間に別の男に掠《かす》め取られちまうからな？」

……そんなこと言われなくても分かっているさ。

アンタの何十倍もアンタの何百倍も、委員長の魅力はよく知っているよ。

そんな彼女と付き合えているだなんて、この世界の僕はきっと幸せ者だろうさ。

「ほんと、あの子は良いよなぁ。なんつうか、こう、ふわふわとした……マイナスイオンって言うのか？　同じ空間にいると落ち着くんだよな。それでいて、服の下にはＥカップの巨乳を隠しているんだからポイント高いっつーか。ほんと、お前にはもったいない」

「――――ちょっと待て」

父さんは今なんて言った？　委員長がＥカップだって？

バカな、あんな細身のどこにそんな凶悪なモノを隠して――――……。

って、そもそも何故《なぜ》アンタがそれを知っているるッッッ!?

「おっ、なんだ？　そういう話にはちゃんと反応するなんて、いつもスカしているチビもやっぱり男なんだなぁ～？」

「ぐっ――――！」

言われて、僕は上半身を起こし勢いのまま振り返っていたのに気が付いた。

するとには父さんのニヤニヤとしたしたり顔があるわけで。

慌てて背を向け、僕は再び横になる。

「おいおい、まぁたダンゴムシごっこか？　あれだろ、おじさんがトモリちゃんのバストサイズを知っているのが本当は気になって仕方がないんだろ？　なあ、おい、なあ？」

「う、うるさいなぁ……！　そんなんじゃねぇって、もう黙れよ！」

「はっはっはー。大丈夫だ安心しろ、別にお前が心配する事なんか何もないぞ？　単純に、おじさんくらいになるとひと目見ただけで当てられるってだけさ」

「だ、だから聞いてねぇって！」

誤魔化《ごまか》すように叫ぶと、父さんはからからと笑った。

きっと僕の浅い考えなんてお見通しなのだろう。この父さんは本物のように、僕を良く分かっている。

それは何と言うか、とても腹が立つ。こんなやりとりは五年前にはよくあることだったから、どこか楽しいと思えてしまう自分がいて……。やっぱり、無性に腹が立った。

「で、どうするんだ？　チビはトモリちゃんと結婚する気はあるのか？」

「……なんだよそれ。話が飛躍し過ぎだし、そんなの分かんないだろっ！」

受け入れられない気持ちはあっても、もう口は止《と》まらない。僕は自然と耳を傾け、まるで幼きあの頃にように反論した。

するとやっぱり、父さんはどこかバカにするように笑い声をあげ、

「はは、まあお前くらいの年齢じゃあまだ将来なんて分かんないよな。でも——人はいつまでも子供じゃいられないんだ。あっという間なんだよ。あっという間に気付けば大人になって。あの時ああしとけば良かったとか、あの時は面白かっただとか。人間つうのは、そういう過去のことばっかり話すようになるんだよ……」

そうして、僕を導くように格言めいたことを言うんだ。

「………」

いつまでも子供じゃいられない、か……。

言われてみれば僕は、成人するまではあと一年ちょっとしかない。社会的にはそれで大人とみなされ、責任が発生する。

だとしてもたぶん、一年後の僕は今とそう変わらないだろう。

「まあ、つまりおじさんが何を言いたいのかというと、チビもそろそろ将来について考えなくちゃならないってことだな！　お前には今、何か将来の夢とかあるのか？」

「夢……？」

何気ないその言葉に、ふと過去の記憶《トラウマ》が蘇《よみがえ》った。

十年前のあの日——。作文を前にしたときから僕に、夢と呼べるモノは存在しない。

だから答えは無く。背を向けたまま黙っていると、後から関節を鳴らす音がした。

「まあ、それはおいおい……ゆっくりと悩めばいいさ。幸いチビはまだ若い。気付いていないと思うが、実は今のお前にはたくさんの可能性があるんだよ。チビが望めば何だって出来るし、何にでもなれるんだ」

「……何にでも、って。流石《さすが》にそれは言い過ぎだろ」

たとえば漫画や映画のヒーローみたいに世界を救う、なんてのは有り得ない妄想だ。

「ああ、もちろん現実の自分と理想の自分のギャップが大きければ、夢を叶《かな》えるためにはそれ相応の努力が必要だ。けれど、そうじゃないのなら。お前が現状に満足しているのなら――今の平穏な日常を、ただ受け入れるだけで良い」

「…………」

えらく似つかわしくない言葉に、僕の口は嘲笑《ちょうしょう》を形作った。

何を馬鹿な話をしているのだろう。父さんが言うそれは、復讐《ふくしゅう》を誓った五年前に僕が手放してしまったものだ。血に塗《まみ》れたこの手では、そんなもの二度と掴《つか》む事など出来るハズがない。

それこそ、全てが無かったことになる〝奇跡〟でも起こらない限り……。

「――――そういうことか……」

悪魔の目的が、たったいま分かった気がする。

あの時の僕は、復讐《ふくしゅう》という目的を失っていたのにもかかわらず、流されるままに父さんを殺そうとした。

復讐のため大勢の者を殺して、自分の〝想《おも》い〟すら殺し続けてきた僕だ。

だからあの瞬間、悪魔に問われても僕はこの願いを口には出来なかっただろう。

ああ、認めよう……。僕は大好きな父さんが生きている、この平穏でありふれた日常を求めていたんだ。

「……父さん」

「うん？」

上体を起こし、ゆっくりと振り返る。

すると父さんは、僕に向かって気だるげな笑みを浮かべていて――そんな光景は、いつかの日常と重なった。

昔から僕が悩み泣いてしまうようなことが起きると、父さんはこうして傍《そば》に座って、時にはテキトーなことを言って、不器用ながらも慰めてくれたのだ。

僕はそんな父さんが大好きだった。復讐を誓ったのは、そんな父さんとの日常を奪われたことが許せなかったからだ。

これは一時の夢でしかないけれど……。またこうしてこの家で、父さんと向かい合って話すことが出来るだなんて思わず涙が零《こぼ》れてしまいそうだ。

「僕は、さ――」

このまま願いを口にすれば、悪魔はこの光景を永遠のものとしてくれるのだろう。

それはなんというか……。ほんとうに敵《かな》わないや。

悪魔は人の弱みを掴《つか》むのが上手《うま》い。こんなにも都合の良い世界を見せられてしまったら、抗《あらが》う気力なんて湧いた途《と》端《たん》から泡のように消えていってしまう。

だから僕の口は、願いを紡ごうと動いて――

『――■■■■……ッ！』

どこからか、引き留めるような声がした。

僕の名を呼ぶそれは、この世界に来てから幾度と耳にしたもので……。今までよりもずっと鮮明に、すぐ近くから聞こえたような気がした。

「…………？」

布団に座ったまま、おもむろに振り返る。

部屋には僕と父さんしかおらず、声の聞こえた方には誰の姿もない。

けれど指先に、何か触れるものがあって……。視線を落とせば、そこには見慣れた仮面が落ちていた。

「…………ああ」

元々は父さんのモノだった、白く凹凸の無い仮面。

心を守るために、偽るために。被《かぶ》り続け――いつしか借り物ではなくなった、緋野《ひの》ユズリハの『罪』の形。

もう声は聞こえないけれど。その仮面が、僕に強く訴えかけているようだった。

逃げるなと。負けるなと。そう言っている気がした。

「……ほんと、悪い癖だよなぁ」

「？　どうしたんだ、チビ？」

苦笑を漏らすと、父さんは何かを感じ取ったように僕の肩に手を置いてきた。

それは子を心配する父のような何気ない動作だったけれど……その温かい手に、やっぱり違うと思った。

本物のギンジロウの手というのは、ずっとずっと――氷のように冷たいのだ。

「うん……。また、見ないフリをしようとしたんだ。本当に悪い癖だよ……。だからさ、僕の願いは――このふざけた世界から出る事だよ」

振り返り答えれば、父さんは思考が停止したように目を丸くする。

そんな様子がおかしくて。僕が苦笑を浮かべていれば、父さんはややあって信じられないと言うように声を絞り出した。

「……いや、分からないな。お前は、何が不満だっていうんだ？」

「不満なんかないよ。この平穏な日常は、僕が心から望む理想的な世界だよ。でも――それは許されない。何より僕が、それを許さないんだ」

……本当は、今だって寸前のところで揺らいでいる。

だからその感情を悟られないように、僕は口を開き続けた。

「僕の五年間は、《死神》としての日々は、全て父さんの思惑通りだったかも知れない。でも、決して強制されたわけじゃないんだよ」

復讐《ふくしゅう》は他の誰でもない、僕が僕自身の意志で始めたことだ。

僕は犠牲者でも被害者でもなく、加害者なのだから。自分の罪から眼《め》を背け逃げる訳には行かない。この罪を無かった事なんかには出来っこない。他の誰にも譲れない。

これは僕の、緋野ユズリハだけの責任なのだから。

「いつまでも子供じゃいられない――さっきそう言っていたけど、確かにその通りだよ。もう僕は大人にならなきゃいけない。だから自分の責任から、から、逃げるなんて子供みたいな事できるハズ無いだろ。なあ、悪魔？」

「…………ッ！」

先の言葉を復唱すれば、父さん／悪魔は大きく息を飲む。

その一撃はよっぽどクリティカルヒットだったのか――。

悪魔は演じることを忘れたように立ち上がり、身振り手振りで声を荒げた。

「大人も子供も今は関係ないだろッ……！　キミは、本当は人殺しになんてなりたく無かったんだろう？　普通の高校生のように彼女が居て、愛する父親が居て。殺しとは無縁な、このありふれた日常に憧れているんだろ？　だったら願えよ……！　現実に帰ったところで良いことなんて何も無いじゃないか！　大勢の無関係な者を手にかけ、最後にはその理由だったハズの愛する者まで殺《あや》めるなんて……！　何故《なぜ》わざわざ破滅の道を進もうとするんだ？　まさかキミはマゾなのか⁉」

「あ、ははー。そんな人聞きが悪いな。僕だって可能なら人並の幸せを手に入れたい……けどさ。それじゃあ、父さんが犠牲になるんだよ」

「……な、に？」

何故そこで父の話になるのかと、悪魔は眉を顰《ひそ》め分からないようだった。

けれどこれはそう難しい話じゃない。悪魔との契約で、父さんは幸福になる権利を失っているのだから……。

「いくら大好きな人と一緒にいれるとしてもさ。それで相手が、ちっとも喜んでいないなんて悲しすぎるだろう。そんな一方通行の幸福なら……僕はいらない」

家族を亡くし、生きがいを失った父さんにとって、この世は地獄に他ならない。

彼の苦痛は死ぬことだけでしか終わらせることができず――。僕と過ごすことで心が満たされ改心するなんて奇跡は、もう既に起こりえなかった事なんだ。

「待ってよ……そんなの、おかしいじゃないか！」

完全に筋は通っていると思ったが、しかし悪魔は焦《あせ》ったように声を上げた。

先の発言からして、契約を拒否した者は今まで存在しなかったのだろうか……。

「キミは彼のせいでたくさん傷付いて来たじゃないか！　なのに、どうしてそんな奴《やつ》のことを気遣っているんだよ！　もっと醜く、わがままになれよ……！　欲望に忠実なのが、いい、いい、いい、人間ってもんだろうが！」

「……人間の在り方を悪魔《おまえ》が説教するなって」

狼《おおかみ》の時よりもずっと表情が豊かなせいだろうか。その言いぐさは僕よりもずっと人間臭く、けれどそれが妙におかしくて……。

僕の決意は、どんどんと強固になっていくようだった。

「そ、そうか――！　だったら新しい、キミだけの世界を創ろうじゃないかっ！」

僕の決意は固まった。

しかし水を差すように、悪魔はこの期に及んで甘くとろけるように囁《ささや》いた。

「もちろんそこに、他者の気持ちなんて入る余地はないよ。身も心も関係も、そこでは全てキミの思い通りになるんだ！　どうだ、それなら満足なんだろう？」

「……はあ」

ため息が漏れる。

呆《あき》れてものも言えない。けれど言わねば伝わらないみたいだ。

「もう決まっているんだよ。僕の願いはただ一つ、過去の亡霊と決別し――未来に進むことなんだ！」

いつしか僕の手には、重いナイフが握られていた。

わざわざ眼《め》で確認する必要は無い。僕の決意に引きずられるように、現実と偽りの世界が曖昧となっているのだろう。

ゆっくりと腰を上げる頃には、纏《まと》う衣服も寝巻から《死神》の装いへと戻っていて、

「わ、分かった！　だったらその願い、ボクが叶《かな》えて――！」

「いらねぇよ！　僕のこの願いにお前の力なんか必要ない――だから退《ど》け、悪魔ッ！」

柄《つか》を掴み、ぐっと一歩まえに出る。

目標は一メートル以内。悪魔は躱《かわ》そうと後退を試みるも、僕の間合いに変化はない。

一点を目掛け切っ先を突き出せば、死を確定づけるように。手のひらには、肉と血管を裂く慣れ親しんだ／忌み嫌った感覚が襲い――。

〈あ、がっ……そんな、人間が……ボクを……？〉

悪魔の口からは音楽を奏でるような声とともに、ごぽりと白い血液が零《こぼ》れ落《お》ちる。

それはニセモノであると証明するように。刃《やいば》を突き刺した胸にも、白く大きな亀裂が走った。

〈そんな、そんな……有り得ない。人間が、悪魔《ボク》の言葉を退けるだなんて――。あ、ああ、キミは、キミは本当に人間か!?〉

「はっ、知らなかったのか？　僕は《死神》だよ。特技は誰かを殺すこと、かな？」

〈ッ――ぐぁ……！〉

その誰かにはお前も含まれると、僕は刃を根元まで押し込む。すると胸の亀裂は全身を伝い、ヒビ割れた顔の右半分が剥《は》がれ落《お》ち――。

〈あ、ああ、あああ、ヤメロやめろ、そんなこと認めない……！〉

銀の眼、鋭い牙、白き体毛……と。苦痛に顔を歪《ゆが》める、獣の顔が露《あらわ》になった。

もはや初めに現れた時のような余裕も、恐れも、微塵《みじん》も感じられない。

劈《つんざ》く叫びを無視しナイフを揺り動かせば、悪魔はより一層声を荒げ、叫びに連動するように、亀裂は周囲の風景にも伝染していった。

途端《とたん》――困惑は、強い怒りへと変化する。

白き毛は逆立ち、食いしばる牙からはダラダラと唾液が伝い、獣の血走った眼球が真っすぐに僕を捉えた。

〈あァ、あああ、恨むぞ……！　恨むぞユズリハぁ！〉

「ハッ！　なんだ、それがお前の本性かよ——サタン！」

憤怒の悪魔、確かにその肩書はお前にお似合いだ！

そう指摘されて初めて気づいたのか、サタンは驚いたように喉を鳴らす。

それから僅か一秒。サタンは次の瞬間には、歪《いびつ》な笑みを取り繕った。

〈く、はは！　はは、ははははははははは！　面白いよ、面白いよユズリハ！　ここまで悪魔を恐れないなんて本当にキミは面白い！　ああ、もう願いや契約なんてのは無しだ。キミは絶対に許さない。今日の行いを、後悔することになるだろうね！〉

「後悔……？　そんなもん、もうしてんだよ。ずっとずっと、後悔だらけの人生だよッ！　それでも、そのたび乗り越えていくのが人間ってもんなんだよ。分かったか、悪魔ッ！」

今さら僕の意志は揺るがない。

その怒りに、得意の笑顔で力いっぱい迎え撃つ。

するとサタンはギシリと歯を食いしばってから、静かに眼《め》を閉じた。

〈ああ、今回はボクの負けだよ。でも——これで終わりじゃあないのさ。身体《からだ》を砕かれたくらいじゃ悪魔は完全に死なない。一年か十年か。少し休んで再構成が済んだら、キミに

復讐をするからさ〉

今度は、キミが追われる番だ──。

白き悪魔は最後にそう呟《つぶや》いて、ひび割れた世界は音を立てて崩壊し始めた。

4

幻想《ゆめ》は終わりだ。

パラパラと白き破片が崩れるように、曖昧となっていた世界はゆっくりと現実へ塗り替えられる。

それまで居た部屋は、薄暗い舞台上へと変化して。縛り付けていた白き荊棘《けいきょく》は跡形もなく。そうして悪魔が立っていた場所には、本物の父さんがいて──。

「凄《すご》いなぁ、チビ……。お前は、悪魔の誘惑を断ち切ったのか……？」

手に持つ刃《やいば》は──その胸を、貫いていた。

覚悟はしているつもりだった。しかしいざその状況になってみれば、ヌメリと手に伝う温かな感触に、取り返しのつかないことをしたのだと実感する。

けれどここで逃げるわけにはいかない。きちんと向き合うと決めたのだから、僕は歯を食いしばり、顔を上げた。

「……どうして笑ってんだよ」

そこには笑顔があった。

父さんは真っ青な唇から多量の血を流し、まるで我が子の成長を喜ぶ親のような顔を、僕へと向けていた。

「は、はっ……そりゃあ人っていうのは嬉《うれ》しいと笑うもんだからな。八十年もの地獄がやっと終わり、あの悪魔にも一泡吹かせたなんて……こんなの、笑っちまうだろうよ」

分かったか、チビ？

そう、父さんはあの頃のように言うと、僕へ寄りかかるように膝から崩れ落ちる。

明確な致命傷だ——。ヒューヒューと異音混じりの声はか細く、次第に瞬《まばた》きの回数は増え、見合わす顔からどんどんと生気が抜け落ちていくのが分かった。

「ああ……チビって言うのは、もう違うか……。あんなに、小さかったのに……こんなに立派になって……」

よろよろと伸ばされた手は、不意に僕の横髪を撫《な》でる。

そういう父さんの方は、記憶の中よりもずっとずっと小さくて……。

余りあるコートに隠れ気付かなかったけれど、支える身体《からだ》は驚くほどに軽く、父さんの身体は本当の亡霊みたいに痩せ細っていた。

「やめ、ろよ……。今更違うだろ……！　悪人なら悪人らしく、最後まで突き通せよッ！」

「は、は……こりゃあ、油断したなぁ……」

撫でる手を拒絶することなど出来るはずもなく。

せめてもの抵抗に声を震わせれば、父さんはどこか幸せそうに笑う。

「……なんだよ、それ」

僕はこの期に及んで、またお得意の見ないフリをしていたけれど——。

その笑顔によって気付いてしまった。悪魔を倒したからなのか、あるいは死を目前に契約に矛盾が生まれ、取引が無効となったのか。

僕を映す瞳には、もうすっかり濁りのようなものが取っ払われていた。

「許してくれとは言わない……。だが、ありがとうなユズリハ……。おじさんを地獄から救ってくれて、ありがとう……」

「————っ」

家族を失い、幸福になる権利を奪われた父さんにとって、この世は地獄でしかなかった。

父さんは死ぬことでしか救われず、僕が忌む殺しは言う通り救済になったのだろう……。

この殺しは——僕が前に進むために自分の意志で決めたことだ。

だから後悔なんてするべきではない。大好きな父さんを救うことが出来たのだから、今は喜ぶべきなんだ……！

ああ……分かっている。そんなことは分かってはいるんだ！

それでも僕は……これ以上、自分の心を騙《だま》せそうにない。

腕の中で衰弱していく父さんを前に、目頭は熱くなり、見下ろす笑顔はかげろうのように滲《にじ》み出《だ》した。

「さっきは殺しの天才だと言ったが……ありゃあ、間違いだったなぁ……。殺した相手にそんな顔——お前に、殺し屋は向いてねぇ……。さっさと、辞めちまいな……」

「っ……だから、やめろよ……。最後になってそんな父親みたいに……違うだろう！」

「くっ、はは……だったら尚更《なおさら》だろうが。おじさんみたいなクソったれのために、そんな顔をするんじゃない……。ほら、なんだったか……前に一度、教えた事があったろ？」

魔法の呪文だ——と。

ゆらゆらと滲む視界の中、父さんはいつものように言った。

テキトーで、ちっとも覇気を感じられない。どこか面倒くさそうなその顔はやっぱり、僕が大好きだった父さんのもので。

五年ぶりに目にした父親の顔に——僕は、言われた通りに口にする。

「のくたーんたたん、たんたん……たたん」

泣き虫だった僕に、いつしか父さんが教えてくれた言葉。

辛《つら》いときにはいつだって助けられてきた、泣かないための──魔法の呪文を。

眼《め》にたまる雫《しずく》を袖で拭くと、父さんは満足したように息を吐いた。

「それだ、それでいい……。ユズ、りは……。お前はその名の通り……強く、生き……」

「──っ！　父さんっ……！」

咄嗟《とっさ》に上げた手は間に合わず、触れる手は糸が切れたように投げ出された。

そんな光景が面白かったのか、父さんはふっと息を漏らし……眠るように目を閉じる。

口に仄《ほの》かな笑みを浮かべたまま、それっきり。

二度とその瞼《まぶた》は開くことなく。僕の復讐《ふくしゅう》は──そうして幕を閉じた。

5

「生きるって、なんなんだろうなぁ……」

立ち上がる気力がわかず、僕は舞台でひとり膝を抱えた。

父さんは死ぬためだけの人生だと言っていたけれど、僕にとっては復讐だけの人生だった。お互いに目的が叶《かな》ったけれど――その感情は真逆だ。僕の心は晴れることは無く、ただぽっかりと開いた喪失感が残るばかりだった。

それはきっと、僕のしたことが真の意味での復讐ではなかったからだろう。

父さんが僕にしたことは酷《ひど》いことで。復讐相手としては立派で。許すって訳じゃないし、許しちゃいけないとも思う。

けれど僕は、そんな父さんを憎みきることが出来なかったのだ。

「死神さん……」

やるせなさに寝転ぶと、頭の先には傷だらけのハナコが立っていた。

意図せずパンツを覗《のぞ》く形になってしまったけれど、やったぜラッキー……なーんて。

そんな気分にはちっともならない。どうも今の僕はそれなりに重症らしい。

ハナコの方も下着を見られたことなど欠片《かけら》も気にしていないのか、どこか申し訳なさそうに目を伏せるばかりだった。

死神さんの手は煩わせません――と。

動くことのできなくなった僕の代わりに、ハナコが父さんの前に出た時の事を思い出す。

彼女はきっと、そんな一方的な約束を果たせなかったのを気に病んでいるのだろう。

「そのっ、すみませ――」

「謝らないでよ。そんな……謝られたら、かえって死にたくなるからさ」

「し——死なないでくださいっ！　死神さんが死んだら、わた、わだしも死にまずがらぁ！」

「……あれ？」

場を和ませるジョークのつもりだったのだけど……さすがに間違えたかな。

ハナコはその場に膝をつくと、ぼろぼろと泣き出してしまった。

僕はこれはまずいと上体を起こし、上着の袖で零《こぼ》れる涙をぬぐってやる。

「いや冗談だって。空気読まなくてごめんて。だから、そんな泣かないでよ……。ほーら、見て見て面白い顔だよー？　ブー、ブー」

「うっ……うっ……。なんでそんなっ、そんな平然としているんですかぁ……！　私ばっかり泣いて、バカみたいじゃないですかぁ……っ！」

「あー……うん。まあ普通泣くよね、こういう時って」

悲しいとは思う。泣きたいとも思う。かといってもう涙は流れない。

魔法の呪文を唱えたというのもあるけれど、原因は彼女がいるからだろう。

女の子のまえで涙を流すのはカッコ悪いとか。感情を露《あらわ》にしている者を見るとかえって冷静になるとか、たぶんそんな理由。

なにより僕は、今まで泣き顔を見せなかった彼女に驚いているのだろう。

そりゃ人である以上泣きはするだろうけど、ハナコは僕のまえでは基本的に笑顔だったから、こんな顔をされるとどうして良いのか分からなくなってしまう。

……まったく、なんなんだろうね？

僕としては小一時間ほど膝枕でもしながら慰めて欲しいくらいなのだけど、どうしてか今は、彼女に泣かれる方が何倍も心が痛い。

だから自然と、手が伸びた。

止《と》まらぬ涙を親指で掬《すく》いながら、僕は反対の手をハナコの頭に置く。

「ハナコはさ。温泉で過去の事を話してくれた時と、父さんと言い合いをしていたときに、辛《つら》いことはあったけど幸せなことも沢山あったって、そういう話をしていたじゃない？」

「っ……はい」

「それって、結構当たっているのかなぁとか思ってさ。父さんの都合で僕の人生は滅茶苦《めちゃく》茶《ちゃ》になっちゃったけど……でも、辛いことばかりじゃなかったんだよ。出会いには恵まれていたし、楽しいと思えることだってあったし……。ってことはやっぱり、この先にもハナコの言う『幸せ』ってのは待っているんだろうなって」

きっと、あの幻想《ゆめ》の世界は、現実では一瞬の出来事で。僕が責任から逃げることなく、自分の意志で決別を選んだのをハナコは知りえないだろう。

キミの言葉が、キミの存在が、どれだけ僕の救いとなっている事か——。それが伝わるように、僕はそっと頭を撫《な》でる。

国を救うために人生を捧《ささ》げ、裏切られ、殺された——救国の少女。

誰よりも辛《つら》い思いをした彼女が、胸を張ってそうだって言うのなら間違いない。

生きる証人とでも言うのだろうか。

美味《おい》しいものを食べたり、恋をしたり。日々幸せを謳歌《おうか》する彼女の言葉なら、信じることができるんだ。

「うん……だからさ、僕は大丈夫なんだよ」

11 後奏曲～postlude～そして少年は

なんとも身勝手な話だ――。

事の顛末《てんまつ》を聞き、男は煙草《たばこ》の煙を溜息《ためいき》交じりに吐きました。

そのまま足を投げ出しソファーに寄りかかれば、背もたれの革は軋《きし》んだ音を響かせます。

「で、今後の身の振り方はどうするんだ？」

対面に座る少年に、男はいつものように問い掛けました。

少年が《死神》と呼ばれるまでの殺し屋になったのは、もとより復讐《ふくしゅう》相手を探すための手段であり。一応の目的は達成された以上、もはや殺しを続ける理由は存在しません。

なので一応は訊《たず》ねてみたものの、答えは分かりきっていました。


「まあ、もうしばらく続けようかなぁ……と」


けれどそんな予想を裏切り、少年はさらりと答えます。

どういう風の吹き回しだろうか……。男がサングラスを僅かにズラせば、少年は鼻先を掻《か》きどこか照れくさそうにしていました。

「てっきりもう辞めるのかと思っていたが……」

「いやまあ、そりゃ僕も辞めちゃおうかなぁとは思ったんですけど。ほら、僕って一応、裏社会ではそれなりに有名じゃないっすか。足洗うってのも簡単じゃないでしょうし、何の考えもなしに辞めたら此処《ここ》らの治安がまた悪くなりそうですし？　それに今さら辞めたところで、僕が人殺しであることは変わらないじゃないですか」

「……そうだな」

納得がいかないところはあっても、男は確かにと思いました。

法に基づいた償いなんてのは気休めに過ぎない。

死刑になったとしても、他者の命を奪ったという過去が消えはしないのだから――。

「いやほんと悩んだんですよ？　でも、ふと父さんが『お前には殺し屋は向いていないから辞めちまえ』と言っていたのを思い出して。最後の最後まで父さんの思惑通りになるのはなんだか癪《しゃく》だなぁと……。あ、こういうのをカリギュラ効果って言うらしいんですけど。なのでまぁ、当面は悪人にとっての悪（？）になろうかなぁと」

「……毒を以《もっ》て毒を制す、ってか？」

「ああ、それですそれ！　僕はもう引き返せないところまで来ていますが、それでも僕のような不幸の芽を摘《つ》むことぐらいは出来るハズなんですよ……きっと」

まるで自身に言い聞かせるように、少年は呟《つぶや》きました。

男にとってその答えはやはり面白くはない……が、確かに社会がある以上、必ず他人を害する者が生まれます。

それらを排除する役目を誰かが担う必要もあります。

人はそれを正義と言いますが、少年はあくまでも己を悪だと言います。

故にそこに大義名分はなく――。

自分の行いが許されないと自覚しながら、少年は永遠に終らない罪滅ぼしをしようとしているのです。

まったくもって救われないな、と男は再び溜息《ためいき》を吐《つ》きました。

「あ、別に自暴自棄になったとかそういう訳じゃないですよ？　ハナコにシワシワのお爺《じい》ちゃんになるまで生きるって約束しちゃいましたし、だからこれは前向きなやつなので！　だからその、これからもお世話になりますね……ボス？」

「……ふん、相変わらずバカだなお前は」

ぶっきらぼうに男が顔を背けると、少年はへへっと困ったように笑いました。

それはいつもの仮面のようなものと違い、どこか憑《つ》き物が取れたように晴れやかで……。

男はなるほどな、と合点がいきました。

コイツがこうして笑えるのは今しがた名前の出た少女の影響だろう。

目を離せば何をしでかすか分からん奴《やつ》だが、それなりに長い時を生きているようであるし、悩める若者に適切な言葉を掛けてくれたらしい。

密《ひそ》かに親代わりなんて思っちゃいたが、きっと自分にはコレと同じ顔をさせるのは不可能であったろう。だから案外、あの女は良い拾いものだったかもしれないな——と。

そんな風に、男が少女への評価を改めると、

「どうもどうも、ハナコ宅配便になりまーす」


事務所の戸を開き、金髪の見目麗しいメイドが現れました。

確か少し前に、「お二人がお話している間に朝食を準備しますね〜」と男が頼んでもいないのに厨房《ちゅうぼう》へ行ったのでありましたが、しかし時間はそれほど経《た》っていません。

まさか料理というのはカップ麺のことだったのか？

男はわずかに訝《いぶか》しみましたが、よく見ればその手には黒色の便箋が握られていました。

「はい、どうぞ死神さん！　こちら死神さん宛てのものになります！」

「……なにこれ。もしかしてラブレター？　別に今更こんなもの貰《もら》わなくてもキミの気持ちは十分伝わっているけど？」

「あ、いえ、これは先ほど速達で届いたものでして。差出人が、その……ナノハの《亡霊》となっておりまして……」

「ほう、れい……？　って、ちょっと待ってどういうこと!?」

少年は慌てて立ち上がると、少女から即座に手紙を受け取ります。

便箋の表には『緋野《ひの》ユズリハさまへ、ナノハの《亡霊》より』と、テキトーな彼の父らしからぬ端麗な字で記されていました。

死者からの手紙に妙な緊張感が漂う中、少年はゆっくりと封を切ってみます。

＊＊＊

はじめまして、緋野ユズリハさま。

落胆させたのであれば申し訳ありませんが、この手紙は貴方《あなた》のお父様が書かれたものではありません。また、確実に手紙を読ませようといたずらに名を騙《かた》ったという訳でもございません。

わたしは正真正銘の、この国を裏から束ねる《亡霊》と呼ばれる者です。

貴方は今、きっと疑問に思っていることでしょう。《亡霊》とは、『緋野ギンジロウ』の別名であったはずなのに……と。

当人亡き今、その訂正はわたしからさせて頂きます。

結論から記してしまえば、《亡霊》と『緋野ギンジロウ』が同一人物であるという前提は、ギンジロウが自称していただけで事実ではありません。

むしろ名を騙《かた》ったのは彼の方であり、復讐《ふくしゅう》相手をでっちあげる際、より真実味《しんじつみ》を持たせるため既に存在する都市伝説を利用したに過ぎないのです。

「所詮、都市伝説だ。誰かが利用しても文句を言われる筋合いなんてないだろ？」

自分本位な彼の事ですから、きっとそんな考えだったのかもしれません。

しかし現実は、《亡霊》であるわたしは存在します。名を騙られたことに多少の迷惑はありつつも、亡くなった者を追及する気はございません。

わたしが望むことはただ一つ。

緋野《ひの》ユズリハさま、折り入って貴方《あなた》さまにお願いがございます。今はまだそれを詳しくお伝えする事は叶《かな》いませんが、このナノハの地にある脅威が迫っているのです。

なのでどうか、悪魔を退けた《死神》の手腕を貸しては頂けませんでしょうか？

是か非かのお返事につきましては後日〝招待状〟をお送り致しますので、その時によろしくお願い致します。

それではまた。

願わくば直接お会いできることを、心より楽しみにしております。

＊＊＊

手紙はそれっきり。

文末まで読み上げた少年は、助けを求めるように後ろの男へと苦笑を向けました。

「ナノハに脅威が迫っていて、ホンモノの《亡霊》が僕に助力を求めているって……。これ、マジなんすかね……？」

「……さてな。確かなのは、何も分からないってことだけだ」

この五年間、組織は都市伝説の《亡霊》について捜索を行っていました。

その間《亡霊》に関する情報は何一つ入手できず、縁もゆかりも無いその者が《死神》に助けを求めるなど荒唐無稽な話でしかありません。

一難去ってまた一難。まったく次から次へと息をつく暇も無いのか……と。

男はそうやって頭に手を置きながら、ふと何かに気が付きました。

「……ちょっと待て。なんか、焦げ臭くねぇか？」

「え？　あっ、そう言われてみれば？」

微《かす》かに漂う鼻をつく臭いに、少年も遅れて事態を把握します。

そのまま灰皿やコンセントなど一通り確認してみましたが、部屋の中にはそれらしいものは見当たらず……。

そうなると自《おの》ずと、悪臭は部屋の外からしてきているということで。

「あ。そう言えば私、コンロの火を消すのを忘れていた様な……？」

静観していた少女は思い出したように息を飲むと、続けて乾いた笑い声を残しながら部屋の外へと駆けて行き、

「ちょあああぁぁああああああああ——!? し、死神さんヘルプ！　ヘルプです！　火柱が立っちゃってますぅうううううっっっ！」

そうしてすぐに、この世の終わりのような絶叫が二人のもとに届きました。

……一体なにをどうすれば火柱が上がると言うのか。

外から響くけたたましい声に、男は目頭を押さえます。

「あー、話はまだあるんだが……。ユズ、今は早くあのじゃじゃ馬をどうにかしてこい」

「〜〜〜〜ああ、もぉっ！　なにしてんだよバカぁ！」

慌ただしく駆ける背中を見送り、男は一人、煙草《たばこ》の箱を手に取りました。

その中から無造作に一本を抜き出して——けれど、やっぱり吸うのはやめておきます。

なんだか今は、少しだけ気分が良い。

脅威だの、《亡霊》だの、きっとこれからも面倒事は尽きず、少年の行く末は困難ばかりだろう。

けれどあんな風に笑えるようになったのなら、彼はもう大丈夫だ……と。

遠くで聞こえる騒がしい声に耳を傾けて、男は密《ひそ》かに目じりの皺《しわ》を深くしたのでした。

RIZE SO

Secret Track ??のモノローグ

かくして少年の復讐《ふくしゅう》は終わりました。

ここまで長らくご苦労様です。彼の物語はアナタの期待に沿うものだったでしょうか？

それとも、稚拙な小説を読んだあとみたいな鬱屈を感じさせるものだったでしょうか？

ふむ……？　ふむふむ。

なるほど、アナタはそう思うのですね。確かにその考えも一例でしょう、面白いです。

お礼と言っては何ですが、次はこちらの感想を述べさせていただきましょう。

わたしと致しましては、この復讐譚《たん》の結末はホロ苦くはあるが概《おおむ》ね満足のいくものであったと思います。

——はい？　その理由はなぜかって？　ええ、答えは実にシンプルです。

本来この時代には存在しえなかった『ジャンヌ・ダルク』という異物により、破滅のシナリオを歩むはずだった少年『緋野《ひの》ユズリハ』の未来が捻《ね》じ曲《ま》げられた為《ため》です。

彼が自身の罪と向き合うことが出来たのは、少なからず彼女の助力があってこそ……。

魔女によって歪《ゆが》んだ運命は、同じ魔女によって別方向へと捻じ正されたわけですね。

さてさて話は戻りまして。

これにて少年の復讐譚は無事終わりを迎えました。このさき実は黒幕がいただとか、奴《やつ》は我々の中でも最弱、なんてことは起こり得ません。

えっ、残念？　彼らの活躍をもっと聞きたいって？

ふふ……それでしたらご安心を。

終わったのはあくまでも、『緋野ユズリハの復讐譚』です。

今しがた語られたのは言わば序章であり、少年が生を諦めないかぎり新たな『出会いと別れの物語』は紡がれ続けるのです。

そう、例えば――。

例えばそれは、日常に溶け込む魔女によって流される血染めの話。

例えばそれは、魔女を追い狙う《魔女狩り》と邂逅《かいこう》する話。

例えばそれは、十数年前に生き別れた家族と再会する話。

例えばそれは、自身を見つめ直し新たなエゴを獲得する話。

例えばそれは、現代に生きる■の力となり成長する話。

例えばそれは、父の残した不始末にケリをつける話。

例えばそれは、自分が歩んでいたかもしれない可能性と対立する話。

例えばそれは、悪魔憑《つ》きの少女を[redacted]話。

例えばそれは、こころ優しき[redacted]と出会う話。

例えばそれは、[redacted]の魔女より語られる世界の秘密と過去の話。

例えばそれは、自身の罪に向き合い清算する話。

例えばそれは、彼を慕う魔女を真の意味で[redacted]する話。


新たに開かれた人生《ページ》は、もしかするとこれまでよりも辛《つら》いものかもしれません。

心身ともに打ち砕かれ、立ち上がることを恐怖するようなものかもしれません。

破滅を回避したのではなく、それは新たな破滅の序章なのかもしれません。

けれどそれは——あくまでも可能性の話。悪魔の誘惑すら退けた彼ならば、きっと何があっても大丈夫でしょう。


え——？　ところでさっきからペラペラとお前はいったい何者なのかって？

失礼、そういえばまだ自己紹介をしていませんでしたね。

……おっほん、ではでは高らかに名乗りましょう。

わたしはこの世の全てを見通し、傍観し、干渉し、保管し、管理し、ある時は悪行を成し、ある時は正義を執行し、その時々によって役割を変える者。

ここでは一先《ひとま》ず――『語《かた》り部《べ》の魔女』とでも名乗っておきましょうか。

そんなわたしは何を隠そう、この物語においてある役を演じる一人であったりしますので、ユズリハくんにはたまにちょっかいを出したり手助けをしたりしながら、これからも彼の行く末《ものがたり》を見守ることと致しましょう。

ああ、楽しみですね……。彼はこれからどんな可能性を見せてくれるのか。

さあ――次の物語を読んでみましょうか。

あとがき

人は誰しも沢山の顔を持ち、無意識に使い分けて生きています。

家族に見せる顔、友達に見せる顔、恋人に見せる顔、同僚に見せる顔、他人に見せる顔、と。それらは人との関りや経験により増えていきます。

決して悪いわけではありません。人間社会を生きる為《ため》には必要不可欠な要素であり、逆にこれを使いこなせない者は爪弾《つまはじ》きにされてしまいます。

「あの人って裏表が無くて良いよね」と言われる者もいますが、それは結局のところ裏表が無いことが褒められているのではなく、誰にでも優しかったり、誰にでも明るかったりする『人柄』が好まれているだけなのです。

……おかしな話ですよね、それが本当の顔という保証はどこにも無いのに。

ある意味では『裏表のない人』と言われる者ほど、顔を使い分けるのが上手《うま》いと言えるのかもしれませんね。

さて、堅苦しい作家の仮面を被《かぶ》り語ってみましたが、正直柄ではありません。申し遅れましたが作者のムラサキアマリです。いえーい、ピースピース。

ご存じの方もいらっしゃると思いますが、こちらの小説は『第18回MF文庫Jライトノベル新人賞』にて《最優秀賞》を受賞したものでして、そりゃあもう気が遠くなるような改稿作業の果てに無事出版となりました。わーい。

新人賞作品であることから審査員の先生や編集部の皆様など関係者が多く、全員に感謝を伝えていてはページ数が足りないため、ここでは代表者二名に絞らせて頂きます。

まずはイラストを手掛けてくださったおりょう先生。貴方《あなた》の可愛《かわい》くカッコイイ絵があったからこそ辛《つら》く苦しい改稿作業に堪えられたと言っても過言ではありません。自分にとって貴方は天使です。ありがとうございました。

次に一番の功労者とも言える担当氏、貴方は悪魔です。以前お伝えしましたが、受賞辞退を一時考えるくらいには辛い日々でした。しかしその甲斐《かい》あって物語の完成度を上げることが出来たのも事実です。自惚《うぬぼ》れで伸びた鼻を折って頂きありがとうございました。これからもよろしくお願いします。

最後になりますが、実は作品公式ツイッターがあったりします。左の二次元コードを読み取るか、タイトル検索などからフォローして頂けると幸いです。（ここでしか読めないＳＳ、二コマ漫画、続刊の情報なども随時発信されます！）

それではまた、生きていたら会いましょう。

MF文庫J

のくたーんたたんたんたんたたん

2022年 11月 25日　初版発行

著者　ムラサキアマリ

発行者　山下直久

発行　株式会社 KADOKAWA
〒 102-8177 東京都千代田区富士見 2-13-3
0570-002-301（ナビダイヤル）

印刷　株式会社広済堂ネクスト

製本　株式会社広済堂ネクスト

Printed in Japan　ISBN 978-4-04-681941-3 C0193

◇◇◇

この作品は、第18回MF文庫Jライトノベル新人賞〈最優秀賞〉受賞作品「のくたーんたたんたんたんたたん」を改稿したものです。

【 ファンレター、作品のご感想をお待ちしています 】
〒102-0071 東京都千代田区富士見2-13-12
株式会社KADOKAWA　MF文庫J編集部気付「ムラサキアマリ先生」係　「おりょう先生」係